全国中考语文
热点作家
作品精选

没有一朵花会错过春天

李兴海 著

中学生必读励志类经典美文
中考作文素材类优秀作品

作者曾多次命中中考作文及阅读理解原题

哈尔滨工业大学出版社
HARBIN INSTITUTE OF TECHNOLOGY PRESS

图书在版编目(CIP)数据

没有一朵花会错过春天 / 李兴海著. —哈尔滨：哈尔滨工业大学出版社，2017.1

（全国中考语文热点作家作品精选）

ISBN 978-7-5603-6270-0

Ⅰ. ①没… Ⅱ. ①李… Ⅲ. ①散文集-中国-当代 Ⅳ. ①I267

中国版本图书馆 CIP 数据核字(2016)第 260136 号

策划编辑 张凤涛
责任编辑 王晓丹
装帧设计 恒润设计
出版发行 哈尔滨工业大学出版社
社　　址 哈尔滨市南岗区复华四道街 10 号　邮编 150006
传　　真 0451-86414749
网　　址 http://hitpress.hit.edu.cn
印　　刷 哈尔滨市石桥印务有限公司
开　　本 787mm×1092mm 1/16 印张 13 字数 198 千字
版　　次 2017 年 1 月第 1 版 2017 年 1 月第 1 次印刷
书　　号 ISBN 978-7-5603-6270-0
定　　价 25.00 元

目　录

第二辑　每一次等待的意义

第三辑　多少爱在时光中来不及

第四辑　被虚度点亮的青春

第一辑　人生需要一枚指南针

生之欢愉，让我真切地明白了，人生就是一片无际的茫茫原野。我们所需的只是一枚小小的指南针，给予一个明确的方向。因为只有明确的方向才足以说服我们在心底坚信，那些长远的磨难都只是一阵小小的顺风。

雪地里的迎春花

一

母亲躲在一片茂盛的玉米地里，将欢腾着路过的我一把搂在怀里。我吓坏了，愣愣地看着她。她故作神秘地将一个裹满黄土的罐子递给我，眨着眼睛说："虎子，给你爸送去，就说，这水是你帮他从山里舀来的。"

我将陈旧的水罐抱在怀里，双手迅速地向母亲摊开。她从口袋里摸出两个硬币塞到我掌心里，而后潜伏在绿叶深处目送我渐然离去。

许多时日后，我仍不明白，如此短暂的路途，母亲为何不亲自将水送到父亲手里？当然，我不曾当面问过母亲这样的问题。对于一个孩子来说，有什么能比永无休止的报酬更重要？万一，我的提点让母亲豁然领悟了，她从此独自一人抱着水罐去茫茫的黄土地上寻找父亲了，我岂不是要即刻面临失业？

滚滚的烈日下，父亲只要瞥到了我，便会不顾一切地放下手中的板锄，将我搂在怀里，一遍又一遍地问，虎子又给爸爸送水来了？虎子今天去哪儿打的水？

母亲似乎太过于了解父亲。从第一次送水，她就猜到父亲会问怎样的问题。因而，将那些虚无的答案，一条一条地罗列给我，令我铭记。

我仰着面，安躺在父亲怀里，镇定自若地把母亲先前所说的话语复述给他听，看他嬉笑、展眉，用坚硬的胡茬扎我，我咯咯乱笑。这时，我相信母亲是在暗处注视着我们的，只是，父亲从来都不知道。

后来，听隔壁邻居闲谈，才知道母亲不去地里劳作的原因。生我的前一天，山野里飘起了鹅毛大雪。母亲为了省钱，提议在村里接生。父亲死活不答应，嫌不够卫生，怕沾染恶疾，将她抱上了门前的木板车。

山路多长啊，呼呼的雪花飘洒在破旧的棉被上。父亲一面走，一面用粗糙的大手帮母亲拍打雪花。

母亲在县医院安然生下了我，但也从此，不能再下地干活。这个在旁人眼中看似无关紧要的后遗症，对于能力有限，地广牲多的父亲来说，丝毫不亚于晴天霹雳。

从此，执拗的父亲再不要母亲干农活。他愧疚地以为，是自己当年的固执，硬驮着母亲赶路，才让其落下今时的病症。

二

我10岁那年，父亲终于决定外出谋生。他说，村里的男人大都出去了，他也得出去挣点钱，以后让我进城念好的学校。他说这些话的时候，母亲正倚在门上，用破旧的头巾兴高采烈地扑打着堆积一年的灰尘。

随父亲的高谈阔论，她的动作变得越来越慢。她心里知道，父亲如果不出去，此生都是有遗憾的。父亲出去的目的，实质并不仅仅是为了我以后的前程，更多的，是为了实现一个年轻男人的梦想。村里所有的男人都已经出去了，看过了外面精彩纷呈的世界，为他们的家人带来了城市里的商品。唯独我的父亲没有，整日守着我与母亲，还有那片宽广的黄土地。

母亲没有阻拦他，默默地进屋帮他收拾行囊。父亲和她说话，她也仅是勉强地笑笑。她不想让父亲看出她的伤悲。一直以来，她都是以温柔贤惠、善解人意，出现在父亲世界里的。她不想因为此刻的不情愿的分离，而一反常态、面目狰狞，并阻挡父亲渴慕前行的脚步。

父亲走的这天，母亲没有出门送他。我以为，母亲是不在乎父亲的走与留。殊不料，我却在午后的偶然玩耍中，看到了蹲坐在玉米地埂上的母亲。她独自默默流泪，身旁，还有一罐昨日外出时打好的泉水。

面前的母亲，和一个时辰前与父亲欢笑着告别的母亲，俨然判若两人。我捧着那个陈旧的水罐，站在灰蒙蒙的天际下，审视父亲劳作过的土地，泪水再次奔流。此刻，这些热泪不为我的父亲，而是感动于我的母亲在无意间所流露出的真情。

母亲提着水罐默默行走在山路上。我不说话，只是静静地跟着她。晚饭的时候，她一如往常般兴冲冲地将三副碗筷搁在桌上，亮着嗓子轻喊："虎子，虎子，快叫你爸回来吃饭了！"她一面喊着，一面噼里啪啦地将锅铲捣得脆响。我知道，今天是母亲的生日。因为往日空空如也的门缝里插进了些许鲜绿的艾叶。艾叶代表团圆，代表美满。

我放下手中的玩具枪，独自奔出木门。跑了一段路之后，恍然记起些什么，又兴奋地回来问："妈，妈，我爸什么时候回来的？"

门内，忽然没了锅碗瓢盆的动静。我似乎听到母亲心碎的声音，如同风过草隙。父亲临走时，门上已经插满了鲜绿的艾叶。他以为，这些艾叶是母亲买来为他送行的，意在消灾解惑，因此，还在临行前轻责，何必如此铺张浪费？

他忘了，他走的那天，便是母亲 35 岁生日。

三

父亲回来的那天，隔壁邻居都过来看了。母亲死活不说话，直到父亲从兜里掏出一枚精致的黄色发卡展现在她眼前时，才咯咯地讪笑。

我认识，那是一朵多么漂亮的迎春花啊！黄色的蕊，黄色的瓣，如同一只翩翩起舞的蝴蝶。父亲将它插入母亲的发隙中，用手指一按，咔嗒一声，便定住了身形。母亲欢喜着进了厨房，唯剩我和父亲在门前吵闹。

父亲说："城里的姑娘都在头上戴这种夹子呢！"母亲漫不经心地问："城里的姑娘都漂亮吧？"父亲不语。

"怎么了？都漂亮到让你茶饭不思，不要我们了？"母亲不依不饶地追问。

实质，我当时能看出，母亲的心里是欢喜异常的。对于父亲，她从来没有过多的要求。从记事起，她就隔三岔五地叮嘱我："你爸这辈子为你吃了那么多苦，以后长大了，一定要好好孝顺他，知道吗？"

我的回答总是令她满意的。但后来想想，竟有许多不明之处。譬如，她从不曾要求过我，以后要好好地孝顺她。似乎在孝顺这件事儿上，她更宁愿将全部的全部，都转移到父亲身上。

没过几天，父亲又回到城里去了。这次，他要去很长时间，春节才回来。其间，他给家里写过两封无关痛痒的信，他说，自己在一家公司里帮忙搬运，货物虽不重，可都是高档货。因此，按提成来算，很能赚些钱，叫我和母亲不要担心，照顾好自己。

那两封简短的信,不识字的母亲硬是让我立在门头念了无数遍。而她每听完一遍,都要在地埂旁坐上很长时间。

春节前,母亲收到了父亲的汇款。经过一夜的深思,母亲最终决定,带我坐上书记的车,去城里添置些东西,好给父亲一个惊喜。母亲买了一条男士羊毛围巾,两张年画,和一个偌大的二手衣柜。母亲说:"这种衣柜,放在家里够气派,你爸很早以前就想要了。"

衣柜有了,可搬运成了问题。母亲干不了重活,而我又尚处年幼。因此,只得花一点工钱,去桥头上雇个工人,帮忙搬上书记回程的汽车。

桥头的工人可真多啊,躺的躺,坐的坐,密密麻麻地聚集了一地。前头的几个老练的小工一看到我和母亲,便迅速起身围了过来,不停地问,要不要工人?要不要工人?

母亲不理会他们,慢慢地往里找。她想,可得找个壮实一些的。这样,不但不会把柜子磕坏,还只需付一个人的工钱。

寻思间,一个声音粗犷的男人对着密集的小工打趣:"嘿,是不是又来老板了?找我啊,我力气可大着呢,庄稼人!不偷懒儿!"

母亲迅速拨开人群,朝发声的位置看去。不远处的空地上,赫然坐着一个头发蓬乱、衣衫褴褛的男人。我看不清那张黑黝黝的脸,只是他手臂上特有的疤痕,让我辨认出,他便是我的父亲。他在见到我与母亲的一瞬间,惊慌失措地捂着肚子往里跑,似乎是急着上厕所。

母亲没有叫他,目不转睛地看着那个熟悉的背影渐渐消失在视野里。母亲想,如果她在此刻硬拉住父亲,询问他信中所说内容的话,一定会深深触伤父亲的尊严。于是,她坚强地扭转头,随便指了一个在旁的男人,而后拉着我,飞也似的向前奔去。

我气喘吁吁地抬头,想要母亲慢些,却看到那些簌簌掉落的热泪,一串一串地下来,打湿了那条新买的羊毛围巾。

四

父亲出事的那天,母亲正在门前大步大步地扫雪。一个神色匆忙的男人从那头的马车上跳下来说:“不好啦,不好啦,虎子他爹出事儿啦!”

新落的雪花,如同书上的白纸一般,又急急覆盖了新扫出的空地。母亲跟着那个矮小的男人上了马车,我孤零零地站在门口,抱起那堆沾满黄泥的衣服,一声又一声地叫着妈妈。

村里有人说,父亲是在搬运家具的时候出的事。楼梯上有水结了冰,太滑,父亲一时没有站稳,摔了下来。于是,那张原本100多斤重的八仙桌,便毫不留情地砸向了他的身体。我整夜整夜睡不着觉,想着父亲摔下楼梯的情景。那样的颠簸和磕碰,该有多疼啊!

父亲终于还是没能救活。抬棺那天,母亲盘起了头发。她将那朵柔黄的迎春花,又缓缓插入了发隙。我没有哭,母亲亦没有。

亲朋散去之后,我和母亲默默地收拾家里的残局。洗碗时,她捋着蓬乱的头发惊呼:“我的发卡呢?我的发卡呢?”

当夜,母亲硬拉着我,在漫天的雪光中,寻找父亲送她的那一枚黄色发卡。我从来没有见她如此疯狂过。印象中,她一直都是那么安详、内敛,而又矜持,和书本上所写的那些农村母亲一般,从不善于表达心中的情感。

大雪呼啸着席卷了山野。黢黑的路上,我和母亲趴跪在蚀骨的雪地上,一步一步地顺着掩埋父亲的方向找寻而去。

母亲的发卡真丢了。我当时极为不悦,不明白母亲为何如此看重一个普通的发卡。父亲的早亡,她不曾哭泣,如今,却在惨白的雪夜里,为一枚毫无瓜葛的发卡哭得没了声息。

时光荏苒,我终于渐渐明白,当年的那枚发卡,已不仅仅是一个简单的饰物。它是一种念想,亦是母亲对苦难父亲唯一可寻的情感寄托。

当雪花再度悄然覆盖了村庄,我已不觉寒冷。因为我知道,在这个白雪皑皑的世界里,一定有一枚温热的发卡在寒冬的深处,默默地护着一朵柔黄的迎春花。

点评

本文曾入选中考试题。用叙述的方式讲了一个平凡却感人的故事,虽未直接描写父母感情,却在字里行间流露出他们感情的深厚。结尾将故事推向高潮,道出此迎春花非彼迎春花,而是母亲的情感寄托。本文笔法细腻,细节描写无不体现人物的特点。

一支恸哭的金色钢笔

这是我第5次在她的作业本上愤然留笔:“请用钢笔写字!”

她是班里的学生,念五年级。矮小,瘦弱,怯懦不堪。很多次,我真想在分发作业的同时,当着众人的面,狠狠地批评她,告诫她,此刻,已改用钢笔写字。但又怕,这一个小小的举措,会刺伤她敏感而又脆弱的心灵。因此,只好每每作罢,悄悄地在那篇被铅笔抹盖的纸页上,写下我要说的话。

她没有一次照做,一如既往地用铅笔打发着布置的作业。我不明白,为何在她文静纯真的背后,深藏着那么让人不可捉摸的倔强。

当我在她的作文本上再次写下那句老生常谈的话时,我决定,对她进行点名批评。于是,那个阳光遍洒的午后,便有了这样一个让人倍觉心酸的场景——我一面踱着步子解析优秀作文的词句,一面时不时地用余光安抚在角落里默默流泪的她。

她开始躲我,面色仓皇地,神情狼狈地,像春花躲秋风一般,硬生生地要远隔一整个炎炎夏季。譬如,我明明见她在那头的路口独自朝我迎面走来,却会在某一个不经意的时刻里,恍然丢失了她的踪影;明明见她在球场呼哧呼哧地拍着篮球,却会在旁人寒暄过后的视野中,唯剩一个篮球在空荡荡的地方跳跃;明明见她在厕所的出口耷拉着脑袋洗手,却在惊鸿一瞥之后,再度以为自己出现了幻觉……

我并未从她的躲藏中找到一位老师该有的威严。相反,我内心有了一股悲咽的洪流,随她的日渐成熟的躲藏而越发奔腾,直至波澜壮阔。

黄昏后的校园里,多了几分静谧与清冷。我独自在窗明几净的走廊上散步,猜想到底该如何化解她心中的惊恐与不安。

透过窗帘间的缝隙,我能看到,她和她的同桌正喃喃地说些什么。那是一个皮肤黝黑的小男孩,家境颇为拮据,经学校减免过的学费都得拖上几个月才能勉强缴清。

我心怀期待地看着他们在空旷的教室里窃窃私语，真怕他们那片刻的嬉笑里，有我的名字。正当我预备推门而入时，一幅永生难忘的画面瞬间印刻在了我的脑海里。

她满目感激地合起手中钢笔，微笑着说了声谢谢。他把书包摊开，接过那支破旧的钢笔，轻轻地将它搁置内里，那神色，如同手捧至宝一般。临行前，他略带豪情地说了一句："放心吧，这次你是用钢笔写的，老师不会再批评你了！"

金色的余晖透过愈渐宽大的缝隙，丝丝缕缕地交织在他们脸上。在那一场童真的友谊里，我无法找到自己该切入的借口，只得暗自逃离。第二天，在宽敞的办公桌上，我看到他俩紧紧挨在一起的作业。同样的本子，同样的笔色，同样的日期。

市里举办长途赛跑的时候，他奋不顾身地报了名。接着，他毫无悬念地成为代表学校进市里参赛的选手。

5 000 米的路程，对于台下这帮稚气未退的孩子来说，的确是一场艰难的耐力战。他在人群中穿梭，呐喊，坚持不懈。我和看台上的老师们一起，情不自禁地为他加油，鼓掌欢呼。他如一支离弦的箭，在临近终点的时刻里，一发不可收拾。

惊人的一幕终于出现了。他愣愣地站在终点线附近的跑道上，看着后来的选手们牙关紧咬，奋力冲刺。人群中一片哗然。没有人明白，在冠军唾手可得的紧要关头，他为何选择了止步。

当有两人陆续冲过终点线后，他才狂喜高呼着奔向终点。毫无疑问，他受到了一通最严厉的批评。要知道，他所代表的是一所学校，而不仅仅是一个人。他的无人可解的行为，已经漠然辜负了所有随行老师的希望。

那是我第一次对他怒吼斥责，我以为，他是想用特立独行的方式来博得众人的注视的目光。

"你明明能跑第一，为什么要在终点前停下来?！你知不知道这是整个学校的荣誉?"我一遍遍地责问，让他顷刻间泪流满面。

"老师……第一名和第二名的奖品都不是一支钢笔！我……我只要一支钢

笔。这样,我的同桌就不会再烦恼,也不会因为用铅笔写作业而受到批评了……”他呜呜地悲鸣,尽诉了他在一路奔跑中所受的委屈。

我恍然觉察到自己的渺小与狼狈,面对这样一个不谙世事的孩子,顿然心生余愧。

校门口的喜报栏上,赫然写着他的名字和所获的奖品。我见过,那是一支多么精致的,却又恸哭不止的金色钢笔啊!

点评

本文曾入选中考试题。我们总是被表面的事物蒙蔽。为什么能得第一,却选择第三?原因再简单不过,只为那支钢笔,只为他的同桌不再受批评。在这样单纯的心面前,我们是否该反思,有时候,我们是不是“想得太多了”。

家是一棵流泪的树

在中国、塔吉克斯坦、阿富汗、巴基斯坦和印度等国的边境上，有一条长 400 公里，宽 240 公里的山脉，名叫喀喇昆仑。全世界低纬度山地冰川长度超过 50 公里的共有 8 条，喀喇昆仑就占了 6 条。

喀喇昆仑山脉中段、新疆维吾尔自治区皮山县境内，有一个名叫神仙湾的边防哨所。我最好的朋友，就是在这个地方保家卫国。

我没去过，我只能从偶尔的电话中了解关于他的一切。

他已经很多年没有回过家。他的父母在农村，没读过书，也不识字，只是听说他在新疆的雪山上，其他的，便一概不知。

我从各类书本上寻找关于这个地域的信息，内心忽然一片潮湿。

这个被称为“高原上之高原”的神仙湾，海拔高度为 5380 米。一年里，17 米每秒以上的大风天占了一半，冬季长达 6 个多月，年平均气温低于 0℃，昼夜最大温差可达 30℃。最恶劣的是，此地空气中的氧含量不但不到平地的 45%，紫外线强度还比平地高出 50%。

他曾给他的父母邮过两件新疆特产的羊毛大衣，并在口袋里夹寄了一封仓促的信件。内容很短，笔迹潦草，是我站在门口给他父母亲口念的。

“爸，妈，我在新疆很好，这里到处都是葡萄干和羊肉串，当然，羊毛大衣也很便宜。我给你们买了两件，很暖和，希望你们二老保重身体，等我回来孝敬……”

这显然是一封未完成的信件。孝敬二字后面，应该还有很多很多话要说，很多很多泪要流，但一切都已经来不及。也许是返回哨岗的号角已经吹响，也许是一年才来一次的邮递车将要开走，也许……也许……

起初我真以为他所在的地方有百般好，还在难得接通的电话中埋怨他，为何过年都不回来？怎么也不给我邮点新疆哈密瓜？他毫无抱怨，毫无情绪，光是傻笑。

后来,我得知实情,忽然有种泪落的冲动。他每天吃的是压缩干粮,喝的是70℃就沸腾的雪水。集训途中,因为海拔过高缺水,甚至只能用尿液来使自热米饭升温。他所在的地方,长不出一株小草,也长不出一棵坚强的绿树。

他让我替他保密,无论如何,千万不能让他的父母知道实情。他不想让他们担心。

第6次电话,是在2010年的冬天。他仍然告诉我,过年无法回家。那一刻,我没有骂他,我只是轻声说了句"兄弟放心,二老一切有我",他便在电话那头哭得没了声音。

2012年1月4日,部队正式通知,他今年可以回家。我从北京转机赶去乌鲁木齐接他。

两个年轻的战友用部队的大车把他直接送到喀什。中途,车停了,他们3个人不约而同地跑下车,抱着路旁的两棵大树痛哭不止。

为什么要哭?很多人不理解。但如果知道他们已经3年没有见过绿色,没有吃过青菜,没有回过家的话,我想,任何人都会被这奇怪的一幕所打动。

他们是真正的守卫者。虽然他们用有限的生命和男人的孤独谱写了热血祖国的太平,但他们从来没有忘记过家。在他们心中,家,一直都是那棵让人流泪的树。

点评

本文曾入选中考试题,选取一名边防战士为小切入口,真实地反映了在高原驻守的艰苦。但作者没有大唱高调歌颂他们的精神,而是表现了边防战士的另一面,在人们面前树立的热血儿郎形象背后,他们也是想念家乡、惦念父母的普通人,更显人物有血有肉。

一个人的足球场

母亲说城市的诱惑太多,以至于让我无暇两顾,荒废了学业。因此,在接到期末成绩通知单的当夜,她做了一个让我悔憾几年的决定——将我遣送回乡村老家的中学就读。

乡村的白天没有车轮滚滚的轰鸣,没有川流不息的车水马龙。乡村的黑夜亦没有绚烂夺目的霓虹灯和让人流连忘返的网络游戏。看着群山寂寥,一片尘沙无垠,我顿时放下年少的倔强,央求母亲带我回去。回到那个有高楼林立,有沿街小吃的城市。

母亲真狠了心,扔了一个学期的生活费和行李,头也不回地走掉了。我收起汹涌的泪水,想要向所有人证明,即便没人管我,我也能坚强刚毅地活下去。

中学四面环山,唯一能让我们游乐的地方只是一个寸草不生的足球场。记得第一次兴高采烈地跟在同桌身后,满怀憧憬地奔入足球场时,我差点没哭出声来。没有网兜,没有绿草,没有界线,甚至连一个破落的球门都没有。

我目瞪口呆地问:"这就是你们学校的足球场?"显然,我还未曾从城市的记忆中分离出来。

他咧嘴大笑:"呵呵,是的啊,好大吧? 来! 我们一块儿踢球吧!"

足球场确实很大。它地处山洼之中,山洼就是它,它就是山洼,能不大吗?我转身向他摆摆手,耷拉着脑袋,一言不发地走掉了。

计算机课上,几十个人轮流抢用三台系统还是 Windows98 的畸形电脑,唯独我静坐旁边。

同桌出于善意吓唬我:"要是下节课还不会打字,老师就会抽板子!"我耸耸肩膀,在一片哗然中将 office 文档熟练地打开,把刚才同桌所说的话噼里啪啦地打在屏幕上。

他们说我是个传奇。我肚子里永远有说不完的新异故事,像城市那盏永不会熄灭的探照灯一样，吸引着他们的眼球。出于此因，很快，我便有了一帮无话不谈的好伙伴。他们原本很爱踢足球，可老见我在一旁寂寞地坐望着，索性都不踢了，噌噌地跑回来陪我。

同桌不会，他继续着他的游乐事业。他说，上课得专，下课得散。意思是想告诉我，上课的时候得专心听课，下课的时候就得拼了命玩儿。

我很喜欢足球，时常幻想在城市校园的操场上，拉开阵势，于烈阳之下的一片欢呼中，踢得酣畅至极，大汗淋漓。可我知道，我终究是幻想。这里的足球场，别说看台，狂风一过便扬尘漫天，黄沙滚滚，见不到人影。

每次课后，同桌都会在足球场上拉开嗓子叫唤我们，一面奋力踢球，一面朝我们挥手。我不作声，他们也不曾理会他。但这好像丝毫没有影响到他的激情。他照旧尽兴奔跑，自行传球，射门欢呼。

老师的哨声一响，他仓皇地抱起足球，越过树林，奔入教室。而后，他气喘吁吁地问我："我叫你来跟我一起踢球，你怎么不来呢？我一个人踢得可开心了！"

每每此时，我都是摇头或者大笑。实不明白，是他太过于寡闻，没有见过真正的足球场，还是他真爱足球爱得那么癫狂？

不管怎样，我和其他的伙伴没有一个人加入他的队伍。他们在我的带领下都向往着，能节省些气力下来，去真正绿草如茵的足球场上踢一局。

有人笑他是傻子，说一个人踢也能踢得那么开心。也有人说，那足球场就是他一个人的。的确，不论阴天还是晴天，只要条件允许，他都会去那黄土漫漫的空地上挥汗如雨。

有一个周末的午后，我和伙伴们爬山归来，见他一人在山洼里忘乎所以地踢球。我们站在清风中笑他，用树枝扔他，嘘他，说他是傻瓜。

他生气地指着足球道："你们敢下来和我比一比吗？我天天练，你们谁能踢得比我远？"

没人理会他。有人撒开了声说："那是你一个人的足球场，你一个人踢吧！"

他不理会，继续歇斯底里地向我们挑战。终于，有人忍不住了，嚷嚷着冲下山去，预备和他一决高低。

我们站在山上，哗啦啦摇着松树给他助威。可实力悬殊太大，下山那小子战败，落荒而逃。

瞬间，几十个伙伴笑骂着奔下山去，一一撸起裤腿找他比试……

那个云淡风轻的午后，我第一次感受到了足球蕴藏的真正快乐。而更让我为之动容的，是同桌那一份无所顾虑的恬淡与纯真。他让我彻底明白了，真正愉悦的心，在任何角落，任何场合，都能自得其乐。

点评

本文曾入选中考试题。很多时候，都不要顾及别人所想所说，因为别人并不代表自己。为了很多不必要的顾忌委屈自己，得不偿失。本文在结尾处点明中心思想，真正愉悦的心，在任何角落，任何场合，都能自得其乐。

给父母一个炫耀的资本

年前归家,费了九牛二虎之力才求得一张硬座火车票。坐在通往车站的公交上,心情不可名状地复杂起来。

泥泞的站牌下,一位衣着朴素的农家女孩正含泪送着她年迈的父亲。老人左手提着两箱劣质饮料,右手抱个丰满的编织袋,不停地点头示意他的孩子快些回去。短短不到一分钟的时间,呼啸的寒风便将女孩的热泪吹落,风干,又吹落,再风干。

我认识这位面容憔悴的女孩。她是离此不远处的一家理发店里的清洁工。年前理发的人颇多,大抵,今年又不能回去了吧?

拥挤动荡的车厢里,老人舍不得将两箱饮料和大包放下。他看到来来往往的沾满污泥的大皮鞋将车底踩得面目全非,竟用后背抵着护栏,死死地抱住它们。

隔不上几分钟,他便会弯腰休息一下,借以储备力气,好向上再提一把。我起身佯装下车,将座位让给了他。谁知,他却气喘吁吁地将东西放于座位上,独自站着。目及他额上滚落的汗珠,恍然,内心有些暖流在汩汩涌动。曾几何时,我的母亲也做过这样的事儿。

那时我尚小,五六岁的光景。大伯令我唱歌后,发了 50 块压岁钱。我将冻僵的小手放于口袋中,紧紧攥住那崭新的 50 块钱,奔过大街小巷,为我的母亲换来了一枚黄铜戒指。

因为之前我见很多阿姨的无名指上大都有枚金灿灿的戒指,唯独我的母亲没有。

结果,我的好意惹来母亲一阵痛骂。她说,50 块钱能买一盒这样的戒指了。我不相信,直到 10 岁,都固执地以为那是一枚纯正不过的黄金戒指。我也曾悄悄地对我的伙伴们说,我母亲手上戴的那枚金戒指是我很久以前,冒着风雪买来的。他们惊异非常，说我真是个孝子。

骂归骂，那枚戒指母亲一直未曾嫌弃过。亮晃晃地戴在无名指上，时不时用拇指搓搓，转悠着光芒。偶然，有邻舍或串门的阿姨问：“大姐，你这戒指真好看！在哪儿买的？”每每这时，她总是笑笑，把手指举得老高，歪斜着头仰望，客气地说：“不知道啊，又不是我买的。”

“嘿，奇怪了，不是你买的，难不成是孩子他爸买的？真浪漫啊。”母亲摇摇头道：“不呢，是我儿子买的。”我儿子这三个字，她总是念得特别响亮。而我，也总是被那几个字耸动得气血翻涌，喜悦之情四面袭来。

我能看出，她也是欣喜的，因为她这样的话总能换得旁人一日惊羡，几句奇赞。想想，几岁的孩子顶着凛冽风雪，穿过数街深巷，用压岁钱给母亲买来一枚戒指，这戒指即便不是真金，也怕是比真金更为珍贵了吧？

实质，那位老人怀里的箱子，就如母亲的手上的戒指一样，都是儿女的一份情意。是她们冒着寒风冷雨，奔波许久后带来的惦念。暖暖地，捧在掌心呈递到他们面前，如何能叫他们不倍加珍惜？

他们太过于平凡。他们无法达到书中所说的那般境界，脱尘离俗，不以物喜，不以己悲。他们的生活，就是在平淡中缓慢演奏的小曲。他们需要一些小小的涟漪来作为短暂高潮，作为资本，借此看到人生的某些美好。

给父母一个炫耀的资本吧，兴许那是他们此生最为快乐的理由。

点评

本文曾入选中考试题。老人提着女儿送的东西不忍心放到脏兮兮的车底的情景，让很多人联想到类似的画面，引起共鸣。也让人感触，尽其所能，给予父母再多一点的关爱。

母亲的勇气

2006年12月14日,深夜11点24分,在美国洛杉矶国际机场,一位头发花白的东方女人引起了所有乘客的注意。

她挎着黑色的背包,背包上贴有一张用透明胶带层层缠绕的醒目的A4纸,上面用中文写着“徐莺瑞”三个字。

这些从萨尔瓦多飞到洛杉矶的乘客,几乎都是拉丁美洲人。他们根本不懂中文。这位衣着朴素的东方女人在等待了许久后,终于开始在人群中用蹩脚的普通话挨个询问:“请问你会说中文吗?请问你会说中文吗?”

临近午夜12点,她终于找到了救星。一位黑头发的男人驻足她的身前,低头端详她手里的纸条:“我要在洛杉矶出境,有朋友在外接我。”

其实,在这张揉得皱烂的纸条上,还有另外两行中文,每行中文下面都用荧光笔打了横线,方便阅读。

第一行中文:“我要到哥斯达黎加看女儿,请问是在这里转机吗?”下面,是两行稍微细小的文字,分别是英语和西班牙语。

第二行中文:“我要去领行李,能不能带我去?谢谢!”接着,同样又是英文和西班牙语的翻译。

原来,她的女儿在10年前随女婿移民到了哥斯达黎加,如今刚生完第二胎,身子虚弱至极。女人思儿心切,硬要从台湾过来看她,帮她坐月子。女儿执拗不过,便在越洋信件中夹带了一堆纸条。

如今,她已帮女儿坐完月子。原本女儿要陪她到洛杉矶机场,结果却不得不因买不到机票而作罢。女儿为了让她有安身之处,特意请求远在洛杉矶的朋友帮忙。为了方便相认,女人便特意在背包上缠裹了醒目的A4纸。

很多人都以为,这不过是一个简单的行程。可深知航班内情的那位黑发男人,却不禁被这简单的描述感动得热泪涟涟。

从台南出发，要如何才能到达哥斯达黎加呢？

首先得从台南飞至桃园机场，接着搭乘足足12小时的班机，从台北飞往美国，再次，从美国飞5个多小时到达中美洲的转运中心——萨尔瓦多，然后才能从萨尔瓦多乘机飞至目的地，哥斯达黎加。

她曾在拥挤的异国人群中狂奔摔倒，曾在午夜机场冰冷的座椅上蜷缩，也曾在密集的人流中举着救命的纸条卑躬屈膝……这一切的一切，不过只是一个母亲想亲眼看看自己的女儿。

这是一位真实而又平凡的中国母亲。她来自台湾，名叫蔡莺妹，67岁；生平第一次出国，不会说英文，不会说西班牙语；为了自己的女儿，独自一人飞行整整3天，从台南到哥斯达黎加，无惧这36 000公里的艰难险阻与关山重重。

她让我们看到了一位母亲因爱而萌发的勇气。这种匿藏在母性情怀中的勇气，从始至终都不会因距离和时间而改变心中的方向。

点评

本文曾入选中考试题。每每读到一位母亲为孩子克服种种、不顾一切的文字，总是感动万分，此文亦是如此。母爱，激发了一位母亲的勇气，也湿润了世人的眼眶。

我的谎言

我知道你一整个早上都在构想,如何毫无破绽地去报复那个贪财的老板。

昨天晚饭时,你踟蹰了好久后对我说:“爸,要是楼下那家烧烤店叫你帮忙干什么,你都别干,行吗?”身为街道修理工的我没有多问一句就点了头。因为之前在饭桌上你就已经说了很多遍,中午去买烧烤时,老板硬说你没给钱,多收了一块五。你抱怨,你愤怒,说他就是我笔下的小市民。

我不能拒绝你的请求。此时我是你唯一的依靠,我得让你觉得这世界上还有与你同心之人。所以我点头了,一切遵照你的要求来办。

放学之后,你用积攒起来的零花钱买了一把气枪。为了不让烧烤店的老板看见,你绕了大半个圈才回家。

你站在阳台上,用窗帘隐去身形,只留一个漆黑的枪口对着川流不息的马路。许久之后,我在客厅里听到了“砰”的一声,紧接着便是玻璃碎裂的声响。我急急探头而看,原来是烧烤店门前的灯箱坏了。

一个浑圆的小孔在灯箱上迎风咧嘴,像此时静坐于家中的你。我知道,你心里是充满喜悦的,你为自己的胜利和精准的枪法自豪。

我走到屋内,你嘿嘿冲着我笑。我没有任何疑问地表扬了你,说你的枪法真棒。你听后更加得意,说你只用一枪就把那老板的灯箱给打坏了。

十几分钟后,楼下有人叫我。我想大抵是因为灯箱的事儿,他们想拜托我把它修好。可我没去,说今日很忙。因为我们早已有了约定,说好了不再帮他。

午饭过后,你把气枪放在了高柜上。它像一只骄傲的鹰,于高处俯视着我。你背着书包一路扬尘而去,不停地对着那个灯箱回头,满脸灿烂。

临走前我告诉你,好戏还在后头。你犹豫地看着我说:“不用了吧?我都觉得解气了。”我愤恨地道:“这怎么行?一定要给他们好看,谁让他们欺负我儿子。晚上我让他父亲自己去装灯箱,你等着看吧!”

放学之后，你许久不曾回来。我站在阳台上搜寻，发现你正站于楼下的不远处。

你看着一个年迈的老头在人字梯上摇晃。他左扶灯箱，右握扳手，不停地在黄昏下捣鼓着。人字梯显然已有些年月，在微风中发出“咯咯”脆响。你知道，我兑现了我的诺言。烧烤店老板的父亲正在艰难地整修着灯箱。

他是那么不专业，不知道一次性把所有的工具都带上，非得一次次下去上来。或许，是太过于年迈，已经无法在空中稳掌住这些东西。

当他喘气挥汗之时，你在慢慢与他靠近。你看着他满是汗珠的额头和丝丝白发，一言不发。当他正欲下来时，你主动与他说话了。我听不到你在说什么，但是我能看到，你与他同时停在了微风中。他站在高处向你指了指乱躺一地的工具，你按他的意思迅速递了上去。

他还未说谢谢，你就已经双手稳住了梯子。你是那么用力，连站于阳台上的我都能看到你绷紧的手臂。风又再起，却少了梯子摇晃的声音。

整修完毕后，你迟迟不肯归来，硬等着老头进屋去打开电源，看到灯光明亮。当然，我也看到了那个原本咧嘴的小孔，此时正散发出一缕光芒。

你一脸忧伤地走到了家门口。你不曾知道，那老头是我们街道已退休的管理员，整修经验比我还丰富。没错，是我专程请来帮忙的。

不过这些已经不重要了。因为你已经在这个毫无技术的谎言中自行领悟到了，人性中最本质的善意与宽容。

点评

本文曾入选中考试题。以第一人称的叙述，讲述了一位父亲用“谎言”让儿子明白做人要宽容的道理。前文丢了很多包袱，一步一步为结尾做铺垫，使“我的谎言”慢慢明晰，实为让孩子自己领悟，用“善”原谅“恶”。

原始温暖

我时常笑话父亲，多年之后亦然。他不懂得城市之内的繁华与诱惑，更不懂得各国时政与当前要闻。他的生活是毫无波澜的，如每日桌前必啜的那杯老酒，黄昏过后的那支香烟。

念大一那年，我经常跟一帮来自天南地北的朋友们胡吃海喝，偶尔会记挂起家中那位老头。记得一次我打电话给他之时，恰巧已临近放假。我在这头豪迈地说："爸，你想吃什么，我给你买！"他却不顾我一片好意，在那头委屈地道："我看还是算了吧，买得再多，我还不是吃我自己的血。"

尽管他这么说，我还是在上车前给他带了几包当地特产——泡椒凤爪。他一边皱着眉头说我这是用街边食品来敷衍他的血汗，一边找来碗筷，把那包东西一点不剩地腾到了碗里。晚饭之时，他独自一人吃着凤爪，喝着老酒，嘿嘿地冲着我说："这鸡脚做得不错。"

我哈哈大笑起来，他与母亲一脸茫然地呆坐桌前。我说："都什么年代了，你还叫鸡脚。你没看人家那袋子上明明写着'凤爪'吗？"

时光似箭，一笑已是多少年。

我在城市找了份工作，生活虽不算富裕，但也还不错。大学之后的那几年，我再没回过家，更没给父亲带过什么泡椒凤爪。闲暇时会想，那老头喝着老酒吃着花生米的时候，会不会想我，还有那久违的泡椒凤爪？

想想终归是想想，父亲没向我说起过，而我亦没有问过。

几年之后，我结了婚。妻子家居城市，又是上班一族，因此对于家务之事颇为生疏。父亲来城逗留了不到一日便急着要走，我打电话给妻子，叫她做一道泡椒凤爪给老头，我随后就到。

父亲极为欣喜地自倒了一杯老酒，慢慢品尝着这碟久违之物。这顿饭吃得实谓漫长。父亲硬是把那整碟凤爪全给吃了才停筷。我暗自高兴，以为妻子厨艺长进，打算表扬一番。却不料父亲在临走前竟冒出一句："这鸡脚不是特产吧？怎么和你前些年给我带来的有些不对味？"我握着父亲的手，难再言语，忘了到底有多长时间没有听过"鸡脚"这个词了。

妻子多少有些不悦。父亲不知，娇生惯养的妻子为这道菜耗了多少心血。当夜，我为父亲的无意向妻子道歉。

我半夜起身，给远在千里之外的朋友打了电话，不通，发了短信过去，要他次日便给我邮去几箱泡椒凤爪。父亲看着我一箱箱地把那些旧物搬在桌上，疑惑地问道："我说你这是想撑死我还是想开店铺啊？"我顿了一会儿说："这是给你买来当花生米下酒吃的。"

晚饭之时，他一边吃，一边说这鸡脚不错，还是当年那个味。我笑笑。这么些年了，我每次都和他说，该叫凤爪，人家城里人都是这么叫的。他也曾努力过几次，却还是不习惯。

他是老了，那么谦卑与守旧，这样一个简单的词都改不了。他注定是要与城市脱节了，最终沦为我口中经常所说的"老古董"。

可我们不要忘了，这世界，就是有他这样的老古董在给予着我们永生的温暖。如无法更变的言语般，以最原始的姿态一路走来，多年依旧。

点评

本文曾入选中考试题。父亲总也改不掉老套的习惯，却对"鸡脚"的味道记忆犹新。"我"给他买凤爪让他高兴万分。我们总是因为这样或那样的原因忽略了"老古董"，但是，请珍惜他们带给我们的这份"原始温暖"。

物 与 路

跟我学写作那年，他恰巧15。年少之心，如春时之草，丰盛，却没有固定的生长方向。他所爱之事物甚多，或许连他自己都数不过来。

他不甘落后。于是，他逼着自己学很多本领。例如写作、钢琴、绘画，还有武术。据说他的武术老师很是欣赏他，去参加国际比赛时，特意从国外给他带回了一根木棍。我见过这根木棍，也见过他在我教学的楼下把这根木棍耍得虎虎生风。

那是一根多么漂亮的木棍。外体镀有纯金之色，几条青龙蜿蜒其上。细看，这几条玲珑活现的青龙并非印制，而是手工雕刻。因此，看上去层次分明，立体感极强。

很多同学都问过，他这根木棍的出处，甚至，还有家庭条件比较好的同学出钱向他买。他不卖，但他爱把他这木棍的来历炫耀一番。这更是惹得其他同学心生羡慕，也让他倍加喜爱这根木棍。

在上交的作业里，他不止一次写到自己对人生的彷徨。太多的路在他前面，难以取舍。我开始担心这个聪明的孩子，于是找机会把他叫到了家里。

"孩子，你觉得现在你最爱什么？或者，你觉得你最不舍的东西是什么？"我看着与我对坐的他问道。

"武棍！"他毫不犹豫地回答我。从他豪气十足的眼神里，我仿佛看到了自己年少时曾在日记里写过的那个大侠梦。

"它那么重要，你觉得它能给你换回什么东西呢？"我看着他手里的那根金棍。

"什么都可以。"他紧握着棍子回答我。

我们的谈话算是到此结束了。我命他去帮我做3件事：用棍子去换楼下裁缝手里的那根针，若不行，就去换园丁手里的那把剪刀，若再不行，就直接去换食堂炒菜师傅手里的那柄勺子。

我知道,他的心里充满了愤懑与疑惑。他想要证实给我看,这根棍子本身的价值远远超过了一根针、一把剪刀和一柄勺。那些换取的对象,势必都会争先恐后地与他交换。

两个小时后,他握着棍子回来了。佝偻着背,在门外站了许久都不曾进来。我去内厅接水时看到了他,垂头丧气。

看到那根棍子仍紧握在他手里,我就再没提及此行的结果。只是,他才抬头触及我的眼神,就猛然大哭了起来。

一个曾心高气傲,在众人面前把棍子武得虎虎生风的小男孩,就这么站在我的面前痛哭着。我没有用任何言语去安慰他,因为我已觉察到自己的残忍,我已将他那个原本密封完好的梦想打碎。

实质上,我并没有在他所拥有的路途里给他挑路,选路,以解除他心中的烦恼与困惑。我只是告诉了他,人生的每一个阶段,每一种职业,每一个人,都要面临着不同的事物出现。你所认为最不舍的东西,或许在多年后就是裁缝手里的那根针,园丁手里的那把剪刀,厨师手里的那柄勺。它们怎样都不重要,重要的是所持之人对它们本身的态度。

点评　本文是典型的小事情蕴含大智慧。很多时候,不要因为岔路太多而迷失方向,要遵循本心,认定方向,用心走好自己的路。

临树而居

如儿时所读之文一般，我是在鸟声中惊醒之人。

搜寻到最久远的记忆，仍是有它的影子，一棵无名树。随它体内的树轮一圈圈增多，我也慢慢长大了，并成了家，有了孩子。

我从未想过，我们的生长和这棵树的必然联系。无非就是春雨之时它为我力保窗户，烈阳之下它为我尽挡日光罢了。

孩子如我一般，母亲经常这么说。他时常会站于树下，抬头找寻深深密叶之内的鸟巢所在。他不知道那叫鸟巢，他只是好奇这些小生命为何老是在树上穿来越去，并且欢鸣不已。他问我："爸爸，这些鸟都不怕小雨的吗？不怕打雷的吗？"

我笑笑说："他们和你一样有家，就在树上，不怕。"我边说，边朝着深深的密叶中指去。

他把头仰得更高了。那些清脆的鸟声在明媚中此起彼伏，惹得他不住地转来转去。大抵，他是喜欢上了这些小东西。

一日，一只树虫不知怎的，竟爬到了我的窗台上。孩子不知，好奇地看着它，时不时还蹑手蹑脚地戳戳它柔软的身躯。忽然，一只大鸟从窗前飞过，一掠之下把那只虫给叼走了。见此情景，我的孩子"哇"的一声大哭了起来。

我以为他兴许是被那突如其来的大鸟给吓坏了。可他一说我才明白，他是可怜那只小虫。我细细地跟他讲解食物链这个深奥的问题，还有树虫的坏处。慢慢地，他才释怀。

夏日大雨，我背窗写作。孩子急匆匆地跑进我的书房，手捏一把黑伞。还未等我问他何事，他就把伞递到了我的手里，焦急地道："爸爸，快把这伞放到树上去，要不然小鸟们会生病的。"

我本该笑的，因为他太过幼稚，他不明白动物间各有各的生活方式。可那瞬间，面对他极其严肃的小脸，我却再也笑不出来。

他帮我扶住凳子，我伸手远远地够过去，把伞放在了树枝上。顿时，“啪啪”的雨水声从外自内，溢满了我的心房。

看着窗边已是安然的他，我忽然明白，这棵树与屋内之人的必然联系。他让我的孩子懂得了每一个生命的可贵之处，并为之去珍惜。

倘若，他已懂得去善待每一个与己毫不相关的动物，难道还不懂得善待自己的生命吗？

点评

孩童的言语行动最是真挚。本文以小见大，通过孩子的言行，表达了世间万物皆有灵性，世间万物皆有联系，世间万事皆有道理。多去亲近大自然吧，会有意想不到的收获。

一枚黑鸡蛋

在讲中国脸谱之前，我首先给学生们讲了达·芬奇画鸡蛋的故事，意在让他们懂得坚持。说是这么说，可很多时候我自己都坚持不了。例如对教师这个职业，我已经开始无由地厌倦。这个被大多人神化的职业，实质不就和银行的出纳员、商场经理一样吗？

我还未说完这个故事，台下就有人一个劲儿嚷嚷，他也能画好鸡蛋。为了不让更多的学生跟着起哄，我对这事进行了“冷处理”，没有去理会他。可是，他却叫得更大声了。

没办法，我只好把他叫到讲台上，给了他一支粉笔，并且命令他迅速给我画一百个一模一样的鸡蛋。要是画不出来，就要接受扰乱课堂秩序的惩罚。他接过粉笔，理直气壮地在讲台上画圈，一个接一个。台下的同学不停地发笑，因为他画的圈都是一个大一个小。

大概画到30个的时候，他再也顶不住笑声，扔了粉笔，独自站在台上不动了。我看他那委屈样儿，实不忍心批评他。于是，我就把手中的那枚鸡蛋给了他，并且责罚他明天画100个类似大小的鸡蛋交来给我。

之后，他一直低着头，沉默不语。我继续讲解着，如何在鸡蛋上面画脸谱。开心的就画一个笑脸，多用白色。不开心的，就画一个哭脸，多用黑色。

学生们顿时拿出了手中的画笔，精细描绘着他们内心里的脸谱。我站在台上，微笑着看一张张白色脸谱在他们的小手里如花一般绽放开来。

忽然，一个颜色刺伤了我。是刚才那个孩子，他手里此时赫然捏着一枚黑乎乎的鸡蛋。

我上前问他：“为何这鸡蛋都是黑色呢？”他不语。我能看到，那委屈的小泪珠一滴滴地落在他的手背上。我摸摸他的头，告诉他：“心情是会改变的，你首先就把这鸡蛋给全涂黑了，要是你开心了，想画上白色怎么办？再说，这鸡蛋的颜色不都是由你安排的吗？你真希望它全都是黑色？”

这短短的几句话，是我几年教学生涯的经验之言。我没有想过，它对于一个学生来说会有多么重要。我只是想暂时安慰他，让他不要再扰乱我的课。

第二日，我重新找了一枚鸡蛋，打算用它来继续我的脸谱课。刚登上讲台，就被另一枚鸡蛋给吸引住了。它完好地躺在我的课本上，只是颜色与其他的鸡蛋有所不同。虽然同属米色，可不难看出，它曾以浓黑作为底色。因此，被白色遮盖后，仍有些许残留的黑色透露出来。

看着台下一脸阳光的他，我知道，此时他的内心是白色的。至于为什么是白色，我不知道。只是，这枚鸡蛋让我找到了作为一名教师该有的起点，和终点。

点评

我们被每天一成不变的模式蒙了双眼，也忘了做某件事的真正意义，只是机械地重复单调的生活。停下来回忆最初的想法，方能找到前进的方向。

自然悲伤

7岁那年,我因为家中的一只爱犬忽然明白了自然死亡的含义。

母亲抱着我,不停地对我讲解着万物生存与消亡的定律。我全然不顾这些,只想着那只陪了我整整六年的爱犬。半日,便让母亲的肩头湿了无数次。

其实,我已开始知道它总是要离我而去的。只是我仍旧难以释怀,不住地怀念我们在一起的那些快乐时光。因此,我变得更加悲伤了。

周末午后,父亲牵我到了郊外。平日多言好动的我看着这条我曾与爱犬来过的旧路,久久无语。父亲找到了一块空地,坐定,将我放到了他的身上。

靠着父亲的肩膀,我与他一起眯着眼睛看天空。躺在碧绿的草坪上,我又无由地悲痛起来。毕竟,在我那时的纯真世界里,一只狗,不仅仅是一只狗。可能,是一个不可或缺的伙伴,更可能,是一位至亲之人。

虽已近黄昏,可阳光照旧有些刺眼。父亲一边伸手替我遮挡太阳,一边微笑着对我说:"孩子,你能数清那朵大云彩里有几朵小云彩吗?"

我顺着他示意的方向看去,思绪也渐渐地陷入了那朵云彩之中。当然,那时的我还不知道原来云朵是不停变化和运动的。

慢慢地,跟随着云彩运动的方向,我的脸从面朝父亲不知不觉变成了背对父亲。可尽管如此,我还是没能数清,那朵大云彩之内到底有几朵小云彩。

正当我懊恼之时,父亲抱紧了我。他指着那朵早已变了形状的彩云对我说:"孩子,你的悲伤就像这朵云一般,本该是极其自然之事。可正因为有你不停地扭头观望,所以会显得那么不自然。你看,那些云朵,不都是和它一般吗?为何我们不去看这些已在我们眼前出现的风景,非要去留恋那朵已飘过的云呢?"

我双眼噙满泪水,回头看着父亲。他抚摸着我的头,接着说了最后一句:"既然是自然之事,那么就让它自然而来,自然而去吧。"

那日,我照旧哭了。可我明白,我的泪水不再是为了那些已然飘逝的悲伤,而是为我的父亲,为他的良苦用心。

从此,我的生命里多了一种前所未有的淡定。因为我知道,不论我此时沉浸在快乐还是悲伤之中,都是自然之事。而自然之事,总是自然而来,终要自然而去的。

点评

本文用一个小故事,告诉我们一个道理:在生命中,总是会出现一些人或事,可能会陪伴我们很久,但终将离我们而去,所以,好好珍惜眼前的一切,等它有天离去的时候,也要念着他们曾带给我们的喜怒哀愁,笑着挥手。

再把内心涂成白纸

每周六的清早我都要乘半小时的公车去那所中学。原因是他们急于参加省里的合唱比赛,学校又没有合适的声乐老师,所以请我过去教这群已被选拔出来,准备参赛的学生。

为了能让他们的声音统一,我决定在这短短的两个月时间里,教会他们如何发声,如何让自己的声音在合唱中与群体谐和。

开始,他们都抱着极大的热情跟我学习,全然沉浸在“咿咿呀呀”的练声曲中。而我,也尽可能地教他们。甚至,为了能准确地把握每一个学生的自身条件和存在的问题,我特意随身携带了一个大本子,用来记录他们的名字、编号,还有这堂课完毕时所出现的小毛病。

在他们热情未消的时刻里,我努力培养着他们对歌唱的兴趣。中午带他们去看同龄人的声乐演出光盘,傍晚给他们讲解声乐唱腔的妙处。

有了兴趣,他们学会在我不在的时候独自练习,自行摸索发声位置、气息。为了能让他们更加清楚自己的一些小毛病,每周六我都让他们自己来填写今日的上课心得,以及下一周所要达到的目标。

所谓知己知彼,百战不殆。孩子们进步很快,可我发现了一个问题。每次让他们填写心得的时候,他们都左推右让,不肯上前来写。开始我以为是我太过于严肃,于是在他们写心得时,我干脆走出琴房。可尽管这样,他们还是在里屋吵嚷着,谁都不肯第一个填写。

最后一次课上,孩子们都异常紧张。因为第二天就要参加比赛了,我没有对他们灌输太多东西。我怕他们会吸收不过来,压力过大而造成发挥失常。

练声完毕后,我把大多时间都花在了聊天上。我用最散漫的口吻告诉他们,比赛时应该注意的部分事项,他们也相继问了我很多问题。直到此时,我才明白,这群孩子的内心里,原是有着这么多的顾虑。

我翻开身旁的这个黑色本子，猛然才发现它已经被这几十个孩子的稚嫩笔迹写满了。上面记载着他们每一个人，每一堂课上所存在的毛病。这群孩子在旁看着我一页页地急速翻去，不自在地笑。

课后，又到了心得时间，他们又陷入了一片吵嚷之中。我微笑着说："这节课你们不用写了，你们表现得非常完美。在我眼睛里，你们的人生就像这页没有书写过的白纸一样，想要什么颜色，你们就可以凭自己去画什么颜色。明天，将是你们的第一笔。祝你们取得最好的成绩！"

哗哗的掌声过后，他们如鸟一般，嬉笑着飞奔出了琴房，阳光洒满了他们天真的脸。这是我在这么多天以来，第一次看到他们如此高兴。

空荡荡的琴房里，唯剩我与那个记录着他们错误的黑色本子。我忽然在想，是不是太多时候我们都太过于顾忌自己的小瑕疵，忘了自己本身的色彩？我们是不是也该偶尔停下来，让内心再度成为一张白纸，继而去画我们自己想要的色彩？

点评

为什么把内心涂成白纸？题目上设了一个小悬念。我在给孩子讲课的时候，却被孩子的举动教育了，往往孩子最会体现本真的东西。不要因小失大，忘记了我们想要的色彩。

想想我们做了什么

每天傍晚下班之后我都要去学校门口接孩子回家。这是我与他心照不宣的约定。

快下课时,我总是推着我的自行车努力从人潮的夹缝中挤过去,争取让孩子一出门就能看见一脸笑容的我。

不知何时发现了她,一个面容憔悴的老妇人。每次我去接孩子的时候都能看到她,铺一张油纸在地上,放一把青菜、一把香葱,或是一捆蒜苗在那儿卖。

看她的神色,不像是卖菜之人。她站在那儿,几乎从不叫卖,也不会问路人要不要买。而我,总习惯把她剩余的那一把香葱或是青菜买走。几毛钱的问题,何必让一个老人家苦苦地站在那儿?再说了,晚饭之时,吃一点蔬菜不也正好吗?

逐渐地,我发现了一个问题。我买了她的东西之后,她并不离开,依旧站在那儿。目光的方向与我一样,正对着校门口。

或许是由于好奇的缘故,我接了孩子后,故意将速度放慢了许多。我一边帮他整理书包,抱他到自行车上,一边用余光扫视着这位老人。

一个男孩"嗖"地从我身旁蹿了过去,直奔她的怀抱。她一脸幸福地摸摸男孩的头,牵着他向远处走了。

一路上,我都被一种极其矛盾的心理困扰着。我难以想象,当我出于善意地将她那把唯一的青菜买走后,她是如何在人潮背后度过那漫长的半小时?我在想,那把青菜,或许根本不是她站在那儿的真正目的。

放一把青菜在那儿,她的心里就有了一种依托,就能让她在漫长而又枯燥的等待中多一份期待和乐趣。我的善意,我认为无所谓的那几毛钱,却把她这半小时的期待和乐趣都一并粉碎了。这半小时里,她该是多么无奈和焦急啊!

我们常常没有任何思虑地做着那些我们自己认为是很有意义的好事,却忘了去想，那些被我们帮助的每一个对象，真的在那一件事儿里受益了吗？我们所付出的“几毛钱”，是不是已经粉碎掉了他人半小时或者更长时间的“乐趣”？

点评

本文以疑问句式作为标题，使观点更强，也吸引了读者。有时我们认为对的，未必是对。不要一味地认为“我是为了某某好”，在行动前，仔细想想，结果是否真如我们想的那样。

心中的书

很早之前,我送过侄儿一本书。那时他还小,大概只有几周岁。我只是想让他能从小受这些名人事迹的熏陶,培养出不同于常人的坚持和意志。

当初我挑这本书的时候,可谓是煞费苦心。跑了几条街,逛了几家书店。买回的当夜,我就执笔在扉页上写下了几句勉励的话,并且潦草地签上了日期。

几年之后,我弃文从商。大堆大堆的事整日压迫着我,再没有时间和精力来安心写字了。大抵是骨子里流着太多文人血脉,不会奉承的缘故,所以,没过多久我的许多项目都被别人抢走了。顿时,公司运转陷入了一片慌乱之中。

我独坐家中,心情极其低落,感觉人生已到最后低潮,所有局面已是不可能再挽回了。

我不愿向同龄人倾诉。毕竟当初搞得那么轰轰烈烈,如今却得此下场。无奈之下,我像抓住救命草似的,一股脑儿地对着我的侄儿吐苦水。我知道,一事不懂的他,自是不会明了我内心的屈苦。可我需要的不是他的明白,只是想要那么一个人听我说说话罢了。

话毕,他睁大了眼睛看着我,有些迷惑地问我:“这很难受吗?”

我笑笑,不想与他辩解。毕竟,他只是一个孩子,当然不明白事态有多么严重。

他见我不说话,严厉地说:“你这算什么?史泰龙被电影公司拒绝了1 835次,第1 836次才获得成功。爱迪生寻找适合做灯丝的材料,足足失败了10 000次……”

他滔滔不绝地向我讲述着那些名人事迹。我一脸苦笑地看着他,他以为是我不信任他说的话,径直走了出去,将一本厚厚的书抱了进来。他一页页翻着,口里还念叨:“不信我翻给你看,的确是那么多次!”

他不知道,这书上的所有内容我都已看过,并且是在多年以前。他可能都已经忘了,这本书还是我送给他的。可那又怎么样?

他懂得将书里的东西铭记在心,并且时时与生活联系。而我们,却忘了读书的真正目的,常常不明白如何将书本内的知识回归实践。.

我们的书,是在眼中,在笔下,在每一次与别人的争论和言语中。而孩子的每一本书,却是藏在了他纯洁的心中。

点评

本文采用先叙后议的方法,从侄儿认真的言语中体会到,很多事,不能只看表面,要挖其内里,究其本质。就像读书一样,我们往往只是读,从未用实践检验读到的真理。

黑暗的来由

我执教15年,先后变更了3次工作单位,见过了数万张面孔。周围所有的同事、领导、学生都在变,可有一点始终都没变,就是我给学生们上第一堂课的内容——人生与梦想。我花一节课的时间来喋喋不休的目的,也只是要孩子们都知道,有梦想是多么重要的一件事儿。

孩子们很赞同我的观点,并在之后都十分尊敬我。这令我颇为得意,觉得自己的职业,甚至包括自己都是那么神圣不可侵犯。当然,我也会尽力做好每一个细节,力争成为他们的表率。

于是,逐渐地,我开始听不进孩子们的话,觉得他们的思想太过于肤浅。也开始抱怨,为何现在的孩子都变得那么无知而又早熟?

晚自习后,在下楼梯时我停住了脚步,大吼了两声,那灯依旧没亮。一片黑暗中,我一边埋怨着学校的后勤服务太不及时,一边扶着栏杆小心向下挪动。

几层楼之内的黑暗,已让我有些烦躁起来。身后,孩子们的欢笑声离我越来越近了。当他们到达楼梯间时,也如我一般大叫了几声,却没有任何抱怨,只是简单地说了一句"灯坏了"就噼啪噼啪下楼了。

我怕这群调皮的孩子摔着,大喊他们小心一点儿。可他们全然不顾我的提醒,照旧地在黑暗中嘻嘻哈哈。仿佛,他们能看到光明一样。

最后,一位在我背后的小女生悄悄对我说:"老师,您直接抬头走,不会摔的。平日有灯的时候我们不是也没注意到楼梯吗?您就放开走,没事儿。"说完,那个小女生从我身边一跃而过了。

站在黑暗中,我有些忐忑,孩子的话对吗?我逐渐地放开双手,和平日下楼梯时一样,昂首阔步。如孩子所说的一样,我没有摔倒,仅仅只是在下最后一级楼梯的时候有些不适。老是迈足了步子向下踩去,当猛地碰到地面时,才觉察到自己又下了一楼。

路上，我忽然惭愧起来。黑暗中的楼梯，不就正是好比人生旅途中的苦难吗？我们越是畏惧它，小心翼翼，它就越是困扰着我们前进的步伐。

在这群孩子的心里是没有黑暗的。他们所谓的黑暗，原来就是光明。我整日和他们所说的人生与梦想，不就是为了鼓励他们去追寻一片属于自己的光明吗？为何我自己却不曾做到？

光明与黑暗都在自己心里。多一些坦然去接受外界的黑暗，相反内心的黑暗会更少一些。并且，那些在心中被锐减而去的黑暗将会在人生的某一时刻，幻化为照亮路途的光明。

点评

凡事都有两面性，光明与黑暗并存。本文从一件小事引申出一个道理，在我们实现梦想的路上，总会有黑暗的路途，越是惧怕，黑暗越深，而勇敢面对，则会将黑暗转化成光明，继续前行。

孩子心中的生命

搬迁至郊外没多久,孩子就和小区里的同龄伙伴们打成一片了。我采用的教育方式一直都是顺其自然,所以没有过多干涉他。甚至,为了培养他的自立能力,下雨打雷我都从不会去接他。

可尽管如此,我的孩子还是从来没有被雨淋过。他已经学会在遭遇困难时,如何向别人求助,与其同撑一把伞。

母亲年事已高,搬迁后我买了车。因为我极度不忍心看她下了公车后,还要徒步走上那么长的路。

雨后,我开着车在郊外湿润的公路上奔驰。忽然,一群孩子闪入了我的视线。其中一个浑身湿淋淋的孩子向我焦急打着停车手势。踌躇中我仔细一看,原来是我的孩子。

看着他那落魄样儿,我以为他出了什么事,心里一惊,猛然踩住了刹车。之后才知道,他是怕我压死了这一路上的小青蛙。

大雨过后,不知从哪里跑出了这些拇指般大小的青蛙,顺着公路一直零星延伸。放眼之处,不难找寻到许多它们同伴的尸体。新鲜残骸,安躺在现代化的公路上。如果我不下车,不去仔细搜寻,估计也很难发现它们的踪影。

我问孩子:“你为什么偏拦爸爸的车呢?”他头也不回地对我说:“因为你是我的爸爸,我无法容忍你的车轮从这些小青蛙身上压过去!”我顿时无语。孩子们继续驱赶着那些毫不知险,仍旧停留在路上的小青蛙。仿佛,他们是在做一件多么伟大的事儿。

如丝的小雨又开始在郊外的空气中淅淅沥沥起来。我一边朝着车门的方向走去,一边叫他们上车。可奇怪的是,面对清冷的雨丝和我的呐喊,他们竟没有半点反应。

我有些生气了,大喊:“再不上车我就要先走了。”

这下孩子们都奔了过来。我急忙向后探手开了车门,微笑着迎接这帮天真的孩子。可还没走到车门前,就有人开口了:“叔叔,我们带着你走吧,这样你就不会碾到这些小青蛙了。”

这时,离归家的路还有一里多,我当然不能接受这群孩子的要求。正欲反驳时,却看到几双迫切而又无邪的眼睛。

于是,这一路,我的车子几乎是用摸爬的速度在行驶。我必须尽量慢点开,等着这群孩子在前面把那些小生灵从公路上赶走,我才能安然驶过。

我能感觉到我的双手从来没有像此时这么沉重过。迷蒙的车窗前,我的孩子一路来回,累得满头大汗。而我,却在车内一路观赏着风景,也一路坐立不安。

这些连肉眼都难以触及和觉察到的小生灵,在我这双已是历经了万千人潮的眼睛里,或许真是那么微不足道。可在这群孩子的眼睛里,它们却是一种生命对另一种生命的由衷怜惜。

点评

孩子的思想总是最单纯的,但是就是这份单纯,才是我们最需要的。无论动物多小都是一个生命,而孩子为了另一种生命忙前忙后,那份赤诚值得我们每一个人学习,心怀悲悯,善待一切。

人生需要一枚指南针

随父去云南原始森林探险那年,我恰巧18岁。所有的激情和梦想都在狭小的胸膛里燃烧,渴望到外面一闯,施展今生抱负。

进入森林之前,父亲语重心长地跟我说了几十条注意事项,我心不在焉地点了点头,觉得所有的事既然都是无法预料的,那么最重要的还是随机应变。

于是白天我随父亲采集标本,做考察笔记。傍晚整理帐篷,生火。

大约过了3天,没有地图引导的我们在茫茫树木间迷失了方向。有经验的人都知道,在森林里迷路是一件多么可怕的事儿。因为,它或许就意味着死亡。

父亲让我检查所有的储备食粮还有药品。我检查过后,猛地一惊,因为剩余的干粮充其量也只能挨过两天。我们来时都走了3天了。两天的时间,就算我们毫不耽误地按原路返回,也得饿上一整天。

没办法,我只能把所有容器腾空,装满清泉,以备不时之需。

转悠了一天,没有任何头绪。粗心大意的我竟然在路途上把指南针给遗落了,父亲不住地叹息。这次我能明显地看到从父亲沉稳的眼睛里,猛地闪过一阵惶恐。

他一边安慰着我没事儿,一边整理着那些我们辛辛苦苦采集回来的标本。其实我知道,他和我一样害怕,毕竟挨过明天,我们的干粮就宣告完毕了。剩下的日子只能靠喝水来硬撑。而山野跋涉偏偏又是体能消耗极大的运动,没有足够的食物,我们根本不可能有充沛的体能绕出森林。

死亡在一步步临近我们。虽然四周都是不知名的植物和野果,但是我与父亲都不敢触碰。因为,在这个危机四伏的森林里,处处都潜藏着杀机,我们无法辨明哪些植物对我们有益无害,哪些对我们又有害无益。

极度恐惧的我开始埋怨父亲的无能,并做出了一个重大的决定——由我带路。

于是,年迈的父亲一声不吭地跟在我的身后,努力地随着我穿过那些茂密的丛林。没有了指南针,也就没有了方向。我像一只无头的苍蝇,只求最后一搏。

最后,气喘吁吁的父亲在我身后叹出了两个字:“风向。”于是,我恍然大悟地开始镇定下来,抬头看清每一片叶子晃动的方向。

顺着叶子晃动的反方向,我带领父亲来到了一块空地,算是绕出了一点眉目。但是饥饿迫在眉睫,再不出去的话,后果真不堪设想。

临近傍晚的风开始散乱起来,太多的风向让我们都不敢确定了。

父亲抬头四处搜寻,最终决定朝着那个有着淡淡烟雾升起的地方出发。有了明确的目标,我们开始拼命地朝前赶去。我们必须要在天黑前冲出森林。

3 小时 45 分的旅途让我和父亲双双虚脱在亮有温暖灯光的窗口下。却不知为何,会在瘫下之前,霎时泪流满面。

生之欢愉,让我真切地明白了,人生就是一片无际的茫茫原野。我们所需的只是一枚小小的指南针,给予一个明确的方向。因为只有明确的方向才足以说服我们在心底坚信,那些长远的磨难都只是一阵小小的顺风。

点评

本文虽然篇幅不大,但情节跌宕,年轻的“我”经历了一场生死的考验,由起初的粗心、烦躁,像一只无头苍蝇,到由父亲的提醒和指引找到方向,使“我”明白,人生需要指南针,来确定明确的方向。

土路年华

看惯了像小说情节一样刻意追求波折层叠的楼房，忽然怀念很多年前的旧居，还有那条孤僻的马路。

它像一位饱经风霜的老人，有着自己独特的性格和爱好。在山野乡村，以一种固执的方式，硬要延伸到你的视线里。未待你从这黄沙漫天的路途中找寻到正确的方向，它又急急地向远方伸展而去了。

10 岁之时，走在这样的土路上，我的背包里时常有着未曾阅完的连环画，定价不会超过 8 分钱。20 岁的时候，走在这样的土路上，我的心里时常有着未曾想起的故事，有着做不完的梦。当然，无人可及的角落里，我还深藏着一位姑娘。

30 岁的时候，我时常走不到这样的土路。甚至，想与它见上一面都异常艰难。靠着洁净的窗台，我只能遥望门前这条宽敞的，却又不知通往何处的马路。每逢此景，我的内心多半是处于一种莫名的忧伤之中，实难自拔。

40 岁的时候，我不再喜欢凭窗而望了。大多闲杂之事都得我来一一过问，即便不用过问，也已习惯心有牵挂。走在任何一座城市的马路上，我都会无比怀念很久之前的时光。路，对于年过半生的我来说，越发不像是一个艰苦的过程，倒像是一个多年不见的老朋友。

偶尔，碰上一个机会，颠簸半天，到达没有人流的土路上。这样的路旁，多有田埂，有长也长不完的春绿。不管在哪一个季节，好像都有生命的影子。

坐在沾有露水的青草上，微风会从八面吹来。我可以在这样的微风中，重新喃喃一首快要被我遗忘的老诗，或者，等待一场大雨。

瓢泼时分，在固执的土路上是没有任何声响的。声息的来源不在路上，而是路的两旁。那些绵延的植物，数不尽的绿意，仿佛都在等待这一场柔情的到来。走在这样的路上，我的心是安静的。不像城市的窗台，多大的雨都无法进入屋内看似明亮的世界。唯一所能听闻的，只有那些触窗而出的悔憾之声。

前方的路，早已隐藏在一片茫然与模糊之中。有情之人，临窗听雨。而实质，那真是雨声吗？庆幸，我曾生在那个土路年代。因此，我的生命里，就有那么一小段旅途，可欣然自称为土路年华。

城市的路，像城市人的心一样，虽四通八达，却没有绝对的方向。乡村的路，像乡村人的庄稼一样，虽满山遍野，却有着同一个归属的季节。

点评

本文看似写路，实则托路表达思想感情。路意味着方向，乡村的土路虽然黄沙漫天，但是有着同一个方向，同一个气息，同一个归属的季节。

等分人生

犹记得，临近大学毕业的那一年，六旬的心理学教授教我们做的那个游戏。

他首先在黑板上画下了一条笔直的长线，然后用指尖将它一一抹断，不急不慢地在5条短线上写着：童年、少年、青年、中年、老年。

台下一片茫然，没有人知道他的目的。

这是最后一节心理课。或许是因为这个教授平日和蔼，又时至别离的缘故，那天竟无一人缺席。

他环视一周后，微笑着问："有谁愿上来与我做一个游戏？"

话毕，一个清瘦的男孩走上去了。这是我们年级公认的"花花公子"，家里有钱，人长得也不错。只是不愿安心读书，就连待于此处也仅是为拿一个毕业证罢了。

教授递给他一支白色粉笔，悠然地说："这5段直线代表的是你的一生。现在请你大体写出，在这5个阶段中，你打算游玩，或是已经游玩掉的时间比例。"

他思索了一会儿，在5条短线上依次写下了30%、10%、40%、15%、5%。

教授笑笑，问台下的人："你们同意他的答案吗？"台下立刻爆发出一阵热烈的掌声。

的确是啊，童年多趣，我们不知愁苦，整日享乐，虽然时光很短，可游玩掉的时间比例却是很大。

少年之时，我们已开始似懂非懂地琢磨一些道理了，大抵有"为赋新词强说愁"的意味。于是，荒废了许多本该玩耍的时光。

青年即代表着年轻，有谁不打算在自己年轻的时候疯狂一把呢？难不成，真要等到老了才来享乐？

中年，我们已成家有室，得为一个家庭的生活忙碌奔波，自就没有太多的闲暇欢愉。老年，更不必说，整日忧心忡忡，力不从心，哪儿还有心思玩乐？

教授仍是笑笑，接着递给他另外一支不同颜色的粉笔道：“同样的 5 段直线，请你大体写出，在这 5 个阶段中，你打算奋斗，或是已经奋斗掉的时间比例。”

他挠挠头，显然很难做出抉择。其实，这个问题对于在座的各位来说，包括我，都是一个难题。

盘算许久后，他一笔一画地依次写下了 0%、5%、15%、40%、40%。

教授依旧问：“你们同意他的答案吗？”台下又是一阵热烈的掌声。

两种不同颜色的数据，赫然飘飞在同样的 5 段直线上。此时，我们才恍然发现，这两组数据的截然对比。

教授重新站于讲台中央，郑重其事地向我们说了最后一段话：“你们已经完全懂得了如何享乐，并能在有限的人生里，有理有序地将它们规划完毕。”

停顿了一会儿，他指着中间那一段直线严肃地说：“可我得提醒一点，你们在享乐最多的时限里，也就是最该奋斗的时限里，已然松懈了。你们学会了把所有的实践一日推一日，累积到后半生去完成，以备更有效地享受青春。可别忘了，诸位，你们的后半生，照样也是你们的人生。”

那一堂课后，无人上去擦黑板。看着两行一白一蓝的数据，久久都不曾有人说话。

点评

本文讲了一个有道理的故事，却没有在文尾点明是什么道理，留给读者更多思考的空间。想一想，你的人生现在在哪一阶段？游玩和奋斗的时间，你们已经分配好了吗？

内心的贫困

我曾有过这么一位同学，早年丧父，身世颇为悲惨，旁人听闻之后，无一不眼泪潸潸，心生怜悯。6 年的中学生涯我都与她在同一间教室里度过。仿佛，命里就是注定要与她有那么一段回忆似的。

在我的印象中，她从来没有交过学费，学校亦没有逼迫或是追问过她。她的家庭异常贫困，这好像是众所周知的事了。每年学校的贫困助学名单上都有她的名字，红纸黑字，醒目地贴在教学楼下。

有时候，我们会唠叨："你看她多幸运，都不用交学费，学校还给她钱呢！"

6 年的中学生涯，12 个学期，她整整做 12 次贫困生，并且，班级为她募捐的活动也不下 12 次。

她总是低着头走路，穿得褴褛不堪。唯一的一次整洁，是在某个新年过后的开学。当时，我与几位同学正踏着鹅毛雪花在校园的小径上说笑着。忽然，她从拐角的地方出来了，粉红的小棉袄，紧紧地箍在身上，煞是好看。她远远地见到了我们，却从另外一条小路上急急走掉了。

接下来，几分钟的路程，我们都在抱怨，咒骂着她。家里贫困，为什么还要穿那么好看的衣服？况且，她的钱，大部分都是我们给的啊！大抵她是听到了这些话，于是从此，直至最后分离，我都再没见过她穿那件小棉袄了。

当年，我也在愤愤不平的行列之中。每年捐给她的那些钱，大都是母亲发给我的压岁钱。很多次想把它拿出来买一本心仪已久的书，一支钢笔，可踌躇了许久之后，还是打消了这类念头。因为心里总会想起她，以及她的种种遭遇。

每个学期的课外活动，她都如期参加。外班的人很是诧异，可后来都知道了，那也是募捐的结果。狭窄的讲台上，先生曾动容地说了这么一段话："我们是一个不可分割的大家庭，在同一个空间里说话、呼吸、成长。还有比这个更可贵的情感吗？怎能忍心，落下她一个人不管呢？"

先生说完这段话的时候，眼里含满了泪水。这段话，也影响了我很多年。以至于在后来的几年中，不用任何言语，我都会在第一时间把身上的零花钱掏出来，投到募捐箱里。

外出游玩的路途上，只要有她，我们就会格外安心。她会安静地守在堆放行李背包的地方，远远地看着我们，只需你轻缓地叫一声，她便会把你想要的东西迅速翻找出来，递交给你。

我们已经习惯了这种毫无顾虑的游玩方式，而她，也好像是乐此不疲。

毕业后几年，我陆续听到旧日的一些朋友说起她的现状，心里总是忍不住微微一痛，也经常会挂念，这个苦命的同学，现在究竟过得怎么样了？

与她再见之时，我已成家立室。她在附近的一家工厂里帮忙干苦力，还是和多年前一般低着头，只顾走路。

我与她说了很多话，并留了我的住址，叫她如需帮助就记得找我。半晌之后，我终于鼓足了勇气问她："中学时候，每次外出活动，你真不想游玩吗？"她笑笑道："拿了你们的钱，总得帮你们做点事，心里才安适。"

顿时，我内心波涛汹涌。这么些年，我们一直以为自己给了她最大最贴心的帮助。殊不知，却是在强行剥夺她追求美与自由的权利。

贫困生的帽子太重，年数太长，以至于在汹涌的人群，悲悯的眼光中，过早地让她的内心干涸了。

点评

本文的角度很特别，可能很多人都会想结尾会是贫困学生靠着自己的努力和大家的资助，有了好成绩有了好出路，但是不是。有时候，太多的怜悯和帮助并不能改变什么，反而会让一个人的内心真正变得贫困。

人生的空白

叔父是位音乐教师。因此，我从6岁起便跟随他苦习钢琴。大抵是与艺术日夜交往的缘故，几年后的我竟会无由地多愁起来。整夜飘飞的思绪里，都是一些难以自行明了的问题。例如，总是想不起3岁之前的旧事。于是，我就会竭力地探索，为何我会想不起3岁之前的事呢？越是如此，越是想不起来，心里就越发地恐慌。仿佛，本是完整无瑕的人生中，就要有3年的记忆与痕迹陡然消逝了。这茫茫的空白，干扰着我，让我时时心生疑虑。

他们不明白，一个9岁的孩子为何会恍然心情抑郁？偶然，会问及父亲，我3岁之前都做过些什么，有哪些让他难以忘怀的趣事。他笑笑，总说，每个人的前3岁实质都差不多，不是摸爬，就是摔跤。我开始觉得，父亲的话有一定道理，因为我看其他的孩子也大都这样。可渐渐地，我发现了，他们除了摸爬与摔跤之外，还是有很多事情可干的。

我的问题开始如流水一般朝父亲涌泻而去。他微笑着听我说话，不发一言。我胸中充满懊恼，觉得他并非真爱我。要不，为何我那时的记忆他都不曾有过半点？此时想想，在那个尖锐的时刻，身为农民，又木讷寡言的他，其实真不知道该说点什么，才能让我这个善感的孩子瞬间得以平息。

沉闷了几日后，父亲忽至叔父家中找到了正在习琴的我。他拉住我的手，示意叔父回避一下。

我停稳双手，怔怔地坐着。在我印象中，他一向是平和近人的，今日却显得有些鲁莽。停顿了一会儿，父亲指着钢琴问我："你喜欢钢琴吗？那么，喜欢白键多一点还是黑键多一点？"

看着风尘仆仆的父亲，我失声大笑。他不知道，白键和黑键都是钢琴上必不可缺的部分。别说是偏爱哪种键，这键盘之上，就是少了一个都不行。

父亲见状，接着问："你能告诉我，黑键与黑键之间的是什么吗？"我不假思索地回答他:“白键!”整日与钢琴为伴,它的基本位置,我早了然于胸。

“正如你刚才所说,黑键之间是白键,是一指的距离,是几厘米的空白。可我知道,这些空白缺一不可。或许你也清楚,正是多了这些空白,钢琴才得以完整,并能成为‘乐器之王’。”

看着眼前一脸祥和的父亲,我忽然有些不知所措。他接着道:“人生不也如此吗?偶然的空白,偶然的错过,才能使其充满鲜艳的色彩……”

后来的话,我全然未听进去。因为在一旁大肆落泪的我,实在难以明白,憨厚而又不善言语的他,要耗却多少时光才能组织出如此精妙具有哲理性的话,又要冥思多久,才能借我熟悉之物,传达出人生的某些意义,解我心中疑惑。

钢琴上的距离,有白键完成填补。而人生里的空白,却只能有父亲这样的爱,才能将其丰富。

点评

父亲用钢琴的琴键给“我”讲了人生的道理。虽然他沉默,不善言辞,却为了“我”绞尽脑汁,冥思许久。这就是爱,源于父亲内心对孩子的无限的爱。

多年前的名字

多年之前，你曾有过一个特殊的名字。它是那般让你难忘，并极易和童年时光联系起来。我也有过这么一个名字，可它仅仅归属于我的双亲。除此之外的任何人都叫不得，因为它与电视剧里叫的“二狗子”“大黄”一般俗气。每次听来，都觉得十分别扭。

成年后，我的这个名字便如彩蝶翩飞后的破蛹般迅速坠落大地，掩埋在家乡的黄土与旧时光中。异乡求学的路途上，没人知道，我曾有过这么一个名字。当然，双亲亦不曾这么叫了。他们说，我长大了，该用自己本身的名字了，这样的称谓，会遭外人笑话。

我不爱那个名字，从始至终都没有真正地喜欢过。它如屋外那条黄沙漫天的土路一般，让人觉得俗不可耐，并心生厌恶。

多年之后，我有了自己的家庭。如此漫长的时间里，我的身高、相貌、声音，包括内在对事对物的心态都已然改变。可有一样东西一直没变，那便是我的名字。

它仍旧和多年前一样叫出来让我觉得亲切，写在书上让我觉得刺眼。要不，为何每次领通知单的时候，我总能在密密麻麻的名字里迅速准确地找寻到它的踪迹呢？我想，这种本能，不是我一个人仅有的。

四十不惑。可实际上，未到四十，我们就开始无比缅怀自己的童年时光了。因为我们已经明白，长大后的世界并不如我们想象的那般美好。从前，是他人为我们做决定，此时，是我们为他人做决定。从前想，要是自己能做决定就好了。可现在真到了这一步，却是走得异常艰难。我们的每一步，都得小心翼翼，瞻前顾后。因为我们所做的每一个抉择，都可能会影响到后辈人的一生幸福。

童年，有一片碧绿的麦田，有缠绕在母亲发丝上的袅袅炊烟，还有，我们最初的名字。当时是何等排斥，可此时，却是这般想念，深感亲切。甚至，在了无人烟的回忆之海里，只要一想起双亲以它来唤回我的模样，就止不住热泪满眶。

多年前的名字，是一场豪华，却又不讨我们深爱的联欢会。身在绚烂中的我们总不懂“人生得意须尽欢”的道理，唯有在散场之后默默“金樽空对月”地回忆。

早已丢弃了乳名的你，是否已如我一般，开始懂得被用乳名呼唤的幸福？

点评

最好的我们不一定拥有，但拥有的一定要珍惜。还没有长大的你，也许未能真正体会，也或许你已经开始怀念童年时光，不管怎样，都请好好度过现在的每一寸时光。

小店的告别

几年前,在施工未毕的街道上,忽然冒出了一家饺子店,专卖不同内馅儿的饺子,咸甜酸辣,种类甚是齐全。不到半月,便已是门庭若市了。

我应妻子之意,曾亲自去过这家店铺。肉馅饺子,一元5个。我买了5块钱的,他多加了两个在口袋里。我觉得有些不好意思,想必是他算错了。这年头,肉价都已涨到十几块一斤,这不掺杂菜的肉馅饺子,才卖两毛钱一个。除去手工、本钱,以及店铺租金等,怕也是赚不到什么钱了。

年轻的小伙子笑呵呵地说:“大叔,我们就这么卖呢。两块钱的饺子,可多加一个,这不,你买了5块钱的,按理说我还少给了你半个呢!”

我不说话,接过袋子嘀咕着走了。虽说觉得他有点傻,可心里还是止不住地一阵暖意。从商之人,还保有如此真性者,的确为数不多。

往后,我时常会来这家店铺买饺子。偶尔冒着风雪烈阳,排上长长的队。可我与其他的顾客一般,绝无半点怨言。不论碰到谁,买多少饺子,那小伙都是一脸至诚之笑,一句“不好意思,让您久等了”。

我实在想不出来,对于顾客而言,还有什么比这更让人心暖的话。

前不久,饺子店忽然提早贴出一张横幅,大意是说房租到期,即将关门搬迁,将在下周末举行一个盛大的告别仪式,希望所有新老顾客届时参加。

那些天,所有购买饺子的顾客几乎都接到了一张大红请柬。内文热情洋溢,实在让人感动。

说实话,我活了几十年,从未见过如此景状。于是,当日清早,洗漱完毕,我便匆匆奔至店铺门口去了。

狭小的街道上站满了黑压压的人。店铺已被收拾一空,摆放着许多大小不一的塑料凳子。小伙子挨个儿把凳子送过去,汗水浸泡了他一如既往的笑脸。

这越发不像一场离别,倒像是从天南地北召集而来的同学聚会。大家有说有笑,问小伙子这些饺子的做法。小伙子毫不掩饰,一边慢条斯理地解说,一边用手指比画。

阳光穿透云层,远远地洒了一地。街上的行人陆续增多,大家都意识到,这别离的时间将至,忽然都沉默不语了。

我站在人群的最后面,塑料凳子已然发放完毕。小伙子尴尬地笑笑,我拍了拍他的肩膀。他是那么伤感、清瘦。

最后,他留下了新店的地址,还有自己的电话号码,说有任何事,只要他能帮上忙,就一定不会推辞。

这一个清晨,本该是我用来写作的。可我觉得,它比以前的任何一个清晨都有意义。妻子说,何必浪费时间在这个无聊的聚会上。当然,前提是她没有收到请柬。

她想不明白,这小伙子为何要耗费那么大的人力物力来与顾客告别?一旦他走,又真有几人会穿街过巷,到远在几里的之外的新店买饺子?

我笑笑,恍然明白,为何同样的店铺,他的会是门庭若市。因为,他让每一位消费者由衷地体会到了,作为一名顾客的真正含义。

点评

俗话说:“种瓜得瓜,种豆得豆。”真诚地对待他人,同样会得到他人的尊重。饺子店的小伙子就是个例子,他在用心做好一个店家的工作。饺子不仅好吃,而且吃着心里舒坦。要是我,也宁愿走远路买他家的饺子。

怀念一场雨

这些年,无数个恍惚的日子里,我都会怀念17岁的那场夏夜之雨。

那样瓢泼的欢愉中,我有了人生的第一次自我感动。开始明白,匍匐于人生的旅途中,为一己之梦而甘犯万难,而后得到旁人认可的感受。那样的豁然,不正是全部汗水所希冀的吗?生命的始终与价值,不都是在围绕着诸如此类的小梦一一拓展吗?

初满16岁的我,喜欢静坐在窗边抱怨。为何我那些苦苦冥思后的文字,迟迟不得发表?而旁人那些我所认为远不及我的短文,却在偶尔见报?年少的不屈与自傲,像一团烈火在我的胸中焚烧。

于是,我白天细思,临夜卧写,这样的生活一直持续了大半年。我甚至怀疑,自己的四季里还有没有黑夜?因为,我每次低头时都是日暮黄昏,而抬头却已是晨曦微露。

17岁的午后,我收到了一封厚重的信件。至今我都难以清楚,当时是何物会令自己狂喜到忐忑不安。小心用手探入信封内里,我几乎快要被那样柔软而又熟悉的质地鼓动窒息。我知道,甚至百般确定,那就是一份报纸。

我翻遍了所有版面,把墨印于那几张薄纸上的信息一字不落地看了几遍。最后,在一个隐蔽的角落里发现了我的名字。对于今时的我来说,那个位置或许就代表着一种小小的屈辱。可在当日的我来看,却是一种连梦都不敢太过于清晰的莫大荣耀。

半夜大雨。我立在雨中,看着那张陪我度过了无数日夜的书桌,柔光四射的窗台,猛然痛哭起来。许多难以言明的愁绪,总算在那一场可遇不可求的大雨中得到了最好的诠释。而我,又何必去在乎,去强寻一个让我落泪的缘由呢?

17岁的雨,是一种在狂悲极喜后的无限希冀,也是一种在彻底付出后得以回报的瞬间淋漓。时光中的无数夜梦,不都是为了换取这一刻的悄然到来吗?

时隔多年，那一瞬间的淋漓，仍存余热。之后，却是再大的雨，也无法再让自己如此酣畅地痛苦一次了。

活于尘世间，一生之中，要逢多少路人，遭遇多少俗事。而我们所怀念的，却仅仅只是万千梨花中的一点。如青春里那场已消逝多年的夜雨，原因极致简单——如此令人伤怀的旧忆里，有着我无法重回的过去，以及一个身在其中，却让我感动不已的自己。

点评

在记忆中，总有特定的时刻特定的事情无法抹去。也许我们已经记不起一些细节，但那份或快乐或感动或忧伤的感觉永远无法忘记，连带着那时的雨都让人怀念。

第二辑　每一次等待的意义

可坐在最前面的我，一直看着他眼睛的我，清楚地知道，这与钱无关。他的每一次等待，仅仅是在尽自己最大的努力做好一个丈夫，哪怕是分离的前一秒，也要保证他所爱之人周全。

谎言中的感动

不久前在书中看到张海迪写给史铁生的一封信。信中情感颇为凄婉，从期望见面写到初遇、相识。两人都同坐轮椅，彼此深知其中的苦痛，谈话中，大抵有同病相怜的意味。

说实话，或许是之前读过太多与他们相关故事的缘故，此次再读这封真情饱满，有着生死之离的书信时，竟没有了初始的感动。匆匆阅至尾页，一个借以缓解整篇沉重氛围的小故事却吸引了我。

海迪小的时候在幼儿园吃饭时，老师叮嘱他们，吃饭时不要说话，叽叽喳喳，这会生病的。于是，就有一些小朋友问："会死吗？"老师肯定地告诉他们，会死！于是，一群原本天真烂漫的孩子就顿时哑然了。所有人都保持沉默，大气都不敢喘。当紧张的气氛被拉扯到极致时，海迪做了一件令其他人意想不到的事——她竟然偷偷笑了一下。

这一笑之后，她忽然惊恐不安，生怕自己猛然就会死去。可等过几秒之后，却未曾见死时，她冲着旁边的孩子大笑了起来。紧接着，整个幼儿园的孩子都放声高呼，欣然大笑。他们庆幸，在吃饭时说话没有死，尚还好好地存活于这个绝美的尘世之中。

当然，这是一个善意的谎言，目的是在于让孩子们养成良好的吃饭习惯。可在那时的他们看来，这并不是一个谎言。他们的笑，是一瞬间发自内心的对生命的喜悦。

合上书本，恍然想起多年前的一件事。那时，家居农村，每逢傍晚光亮渐暗时就要点上一盏昏黄的煤油灯。山外的光亮，霎时吸引了许多飞蛾前来。清幽的屋内，慢慢热闹了起来。

我总爱趴坐在煤油灯前，静待着那些飞蛾慢慢靠近，然后，一把抓住它，放于口袋中赏玩。也正是这样，煤油灯经常被我撞倒，家中陷入一片黑暗。母亲说，飞蛾身上那层荧亮光滑的粉末是有毒的，要是不小心让它掉落于眼中，势必会成为瞎子。听完那话之后，我再没敢抓过飞蛾，印象中，感觉它忽然变得与蛇一般可怕了。

后来，整理口袋的时候，一只飞蛾扑身而出，从我脸上急急擦过。我顿时感觉灰尘入眼，本能地揉了揉眼睛，全然忘了那些尚残留在手指上的粉末。坐定后，我大骇，硬觉得自己就快要瞎了，站在窗前，尽最大努力看了看生平最喜欢的事物，止不住地忧伤。

半晌之后，我眼前仍是一片光亮，天蓝地远。顿时，重获光明的喜悦从四面八方如排山倒海一般袭来。我在山野中狂奔，为我这双尚能感受世界的眼睛，还有胸中那些无法消泯又难以言明的希望。

生命中，常常是类似这样的谎言在给予着我们感动，让我们时不时地明白，自己本身所拥有的那些事物是多么宝贵，并为之去珍惜。

点评

每每谈起这些目的在于不要让人做某某行为的谎言时，总会让人觉得可笑。但作者却从中读出了感动，切入角度与多数人不同。我想，这就是源于感恩的心吧。

原谅愚笨的爱

当我开始学着思考自己未来的时候，才发现他们和大多数的中国父母一样，早已把我人生的前 20 年都规划好了。他们希望我和那些某叔叔某阿姨一样，从小学到大学一直优秀，最后考研，衣锦还乡。

我时常不清楚自己的内心深处为何会涌出那么多的怨愤。我的人生和前途，我的爱好，甚至我的自由，全部都要由他们来安排妥当。难道，我自己就不能掌控这一切吗？

为了能和熟识的邻居孩子相比，他们时常逼迫着我学习，并在背后不时地念叨，读书才是唯一的出路。于是，我开始在想，三百六十行，行行出状元的话错了吗？

棍棒底下出人才的理念终究是有效的。至少，它让成绩一般的我安稳地上了高中。可令我疑惑不解的是，他们曾说的上了高中以后就清闲很多，为何我还是要那么忙碌？从早到晚的课程没个休止，并且，他们的念叨亦随之有增无减。

终于熬出了高一，我被数理化折磨得差不多有点儿神经了，于是我毅然不顾他们的反对，执意选择了文科。他们开始对我说近年的国家政策，就业大局。不停地向我阐述，文科的前景是多么凄惨、渺茫。而我内心在想，社会的日新月异，难道就不会变动吗？甚至，我会把一个词联想到他们身上，那就是愚笨。他们只会跟着别人所说的路走，却不曾想过每个人都有着自身的差异性。

最后，他们开始向我妥协。可这样的妥协并非是支持我，而是打击我。他们时常会用以前跟我一起，成绩跟我差不多，而最后选择了理科的同学来和我比较，并不停地问，为什么他能学好，我就不能学好。此时，我心里在想，为什么他的父母就那么好，而我的父母却让我一点自由都找寻不到？

怀着报复的情绪，我开始厌学。我想反对他们的“霸权主义”。16 岁的我忽然懂得了此消彼长的道理，我必须做出反抗。并且，我已不想继续这样的枯燥学习生活，我想到外面流浪，闯出自己的一片天地。

于是，他们开始跟我强调，社会是多么复杂，我出去能做什么。我内心在想，我不能做什么，可至少，能比现在做的多。

这一仗，还是我落败了。而他们，最终得出了一个结论——我是一个不听话的孩子，让我混完这几年算了。我难以描述我内心的绝望，为何，连我亲生父母都不相信我的能力。

我开始没日没夜地念书，像一个机器，没有任何长远的目的。我只是单纯地想要证明，我不比愚笨的他们口中所说的某某同学差劲。

皇天不负有心人。当我在无数个挥汗如雨的日夜备战后，终于拿到了一张他们日日提及的大学录取通知书。那一刻，我没有半点喜悦，全然只是复仇的快感。我的付出终于有了收获，这也是能呈献给愚笨者的最好“礼物”。

他们为我做了一桌极其丰盛的晚宴，邀请了许多朋友和亲戚。那一刻，我感觉自己成了主角。因为在场的每一个人都意想不到会是这样的结局。亲戚都在无休止地夸我，而他们却微笑着聆听，安静地给我夹菜。我再也吃不下去了。因为，我分明看到了他们已现皱纹的眼角上挂满了泪水。

优秀毕业生发言大会上，我忽然不知道该说点什么。莫名其妙地感谢着我原本痛恨的、愚笨的他们。他们此时安静地坐在台下，同样微笑着凝望我，一边抹泪，一边为我大声鼓掌。

我不清楚，一向最讨厌泪水的自己为何会在那么多人面前哭了。尤其是在老师将愚笨的他们请上台后，我才发现，不知不觉我已高出了他们一大截儿。

他们依旧是如此愚笨。在那么多人面前，不懂得要面子，硬是让泪水像小溪一般恣意流淌，惹得我哽咽难言。

可那一刻我知道了。他们的愚笨，是在于他们毫不会掩饰自己心中那份过于严厉的恨铁不成钢的疼爱，是在于他们不懂得如何让那一份沉重的爱转个弯，轻柔地落在我们十几岁的心底。

原谅愚笨的他们吧。因为，那是爱。

点评

本文运用对比的方式，将“我”的心理活动描写得生动逼真。爱的表达方式有很多种，我相信有很多家长跟文中的家长一样，爱体现在严格的要求和恨铁不成钢上。虽然爱得笨拙，但却爱得沉重、直接。

成长与父亲

我想,我与父亲之间的言语是越来越少了。要不,怎么会相对而坐半日,都说不上几句话?偶然,我会凑上去问他一句,他也有意无意地简答着。

很久之前,我是爱趴在父亲肩头的。那时的我,娇小玲珑,父亲怕我受半点委屈,总是将我揽入怀中。可这样的时光,已在我的记忆中逐渐模糊。甚至,我都无法想起那时的父亲是什么模样。

大学第一年,忽然脱离家庭的我,夜夜思乡心切。可我明白,人总是要长大的,要脱离父母亲的。

周末怕母亲记挂,时常打电话回家。总结一下 4 年时光,其实说过的话无非都是那几句。“你吃过饭没有?你在那边还有钱花吗?最近身体好吧?”

此类之话,每每都是母亲先开口问我。我一一回答过后,她便再无话可说了。于是,所有的话题都转入了我的生活中。我会对她讲校园里刚发生的趣事,她在那头听得哈哈大笑,时不时问父亲:“要不要过来和你的闺女说上几句?”

当母亲问出这一句的时候,我多么期盼父亲能走过来,热情洋溢地与我说上一段,哪怕只是一小段,也足以让我开心一整天。可我能如愿的时候总是极少。父亲永远是那一句:“都这么大闺女了,她自己会照顾自己。”

偶尔,母亲看不过去了,硬把父亲拖了过来。他草草与我聊上几句,匆忙挂了电话。独留我在这头,百感交集。我实在不明白,是什么拉长了我与父亲之间的距离?

寒假回家,我对母亲谎报了归来的日期。一来不想让他们在家中久候,二来想制造一个惊喜。

快到家门前时,随着拨通电话后的嘟嘟声,我的内心忍不住一阵喜悦,寒冷的身体一瞬间温热起来。母亲问我,何时将至?我笑答,后天,今日火车又晚点。焦虑的母亲听闻此事,反在那头安慰我切莫急躁。如往常一般,她问父亲,要不要与我说上几句。父亲照旧回答:“这么大闺女了,她自己会照顾自己。”

我心里有些难受。在父亲心中,我真有那么让他放心,可以不顾不问吗?几步已至门前,站立了一会儿,忽然听到门内的父亲反复问道:“刚才女儿说了什么?你都跟我说说。”母亲笑骂:“你想听,自己不会去接电话啊?”

站在门外的我,顿时眼眶微热。原来在父亲的心中,那爱并未在时光中逐日削减。只是,成长的真实,让我与父亲有了距离。

聪明的我开始懂得自己已经长大,不能再趴于父亲肩头索要那份关怀。而寡言的父亲亦然懂得,如何不让我察觉到那份深沉的,因羞涩而无法道明的爱。

点评

都说父爱如山,确是如此。也许更多的时候他们表现的是严厉与沉默,但其实在这些背后藏着爱护我们的心。仔细想想,他们是不是更多的用行动表示?就像文中父亲怕儿时的“我”受委屈,总是将我揽在怀里一样。

以生命阅读

这些年我一直在重复着同一件事，阅读。

窗外倾盆大雨时，我依窗而阅。娇柔的雨滴敲打着我的窗台，从上至下，画出一条条清晰的水线。冰凉的颗粒偶然会从某个我肉眼无法分辨的缝隙中穿越而来，如花般绽落于温热的手臂上。那瞬间袭来的凉意，想要找寻，却总是倏地消逝了。继续我的阅读，像这场雨从未出现过一样。可那样潜在的欣喜，却是难以言明，旁人更加无法懂得。

月上柳梢时，我在乱叶中静阅。所有匍匐在杂草高树间的生命都是我阅读的对象，它们有太多我不知晓的秘密，吸引着我，引导着我向它们走去。轻些，再轻些，我该屏住呼吸。不能由我这外来之客，打扰了它们的清修。在如此恬然的月色中，一整日的浮躁就会慢慢归于平静。你能在生命与生命的碰撞中发现，原来你与自然是有着浑然天成的默契。

烈阳穿云时，我在遥远的清风中阅读。那些从不知名的花蕊中散发出来的幽香，混在泥土的浑厚气息里，翩然而至。身体发肤之间，毛孔与毛孔的间隙里，仿佛都漾满了如此沁人的芬芳。

生命的每一刻，我们都该以阅读的心态去面对与听闻。倘若真能这样，自然之物，风景、雷雨，都会在每一颗尘俗之心中幻化为可遇不可求的诗意。所谓大难中的感悟，也只不过是恍然烟云。因为，真以生命全心阅读的人们，不再需要多余的赘述。每一朵花、每一株草都能让他们获得片刻的惬意与欢腾，都能让他们寻访到生命真切存在的意义。

点评

作者用抒情的方式，从不同的角度表达了他热爱阅读的心情。阅读是一种信仰，阅读是一种生活方式，阅读能让我们发现前方，并引领我们走向前方，让我们提升精神境界，找到生命的意义。

等我长大了

硬要骑在父亲肩头,让他给我当木马时,他笑道:“现在我让你骑,长大了我可就经不住你骑了啊。”我一本正经地说:“等我长大了,我让你骑,我驮着你去公园玩儿!”结果,我真的长大了。却别说让他骑,就连好好陪他走一圈公园都没有过。

向母亲要学费时,母亲皱着眉头,独自唠叨着:“现在读书可真贵,想当初我们才要几毛钱呢!”接着,无奈地对我说:“你要好好读书,将来才有出息。”我接过钱,大声地说:“我一定好好读书! 等我长大了,赚很多钱,让你买很多玩具。”结果,我真的长大了。却别说赚很多钱给母亲花,有时,还要硬着头皮接过她手里仅有的那一点儿退休金。

给外公点烟时,他硬是不要我点,严肃地说:“抽烟不是好事儿,这你可不能学。记住,你该做的,是好好地读书,长大后成为有用的人才!”我从外公手里抢过打火机,一边比画,一边嫩声嫩气地说道:“我听你的,长大后不抽烟。但我要给你找好多保姆,让你不用像现在这么累。”结果,我真的长大了。却别说给外公请很多保姆,就连我抽的烟,都是他散步时顺便给我买回来的。

外婆给我洗脚时,我老是怕痒痒,爱乱动。她捏着我的小脚,笑眯着眼睛说:“怕痒痒的人以后怕老婆,要是你老婆欺负外婆了,怎么办?”我慷慨激昂地说:“等我长大了,我天天陪着你,不管是谁欺负你,我都会用我的‘金箍棒’打他。”结果,我真的长大了。却别说天天陪着外婆,就连周末我都很少去看她一眼。

奶奶生病了,躺在床上,有气没力地对我说:“你要听妈妈的话,好好读书,知道吗?”我抓着奶奶的手,把我的玩具放到她手上,安慰她说:“奶奶,你一定会好起来的。我会听妈妈的话,等我长大了,就好好读书考大学。”结果,我真的长大了。却别说听妈妈的话,就连读书都是三心二意,最终上了一个三流大学。

爷爷修家里的老洗衣机时,我站在旁边目不转睛地看着。他把我拉到一旁说道:“站远点儿,小心爷爷敲东西的时候砸到你。”我对着他,在“咣咣”的响声里说:“爷爷,等我长大了,一定不再让你干这些活儿。我天天带你去跑步,老师说了,多锻炼对身体有好处。”结果,我真的长大了。却别说天天带他去跑步,就连我的那个破音箱,都是他给修好的。

等我长大了这句话,在我们的生命里,不知说过多少次,也不知让多少人曾满怀憧憬地,心甘情愿地为我们流泪流汗。此时,默读文字的你,是否也对他们做过类似的承诺?而这些承诺,你如今又实现了多少?

点评

本文用列举的方式,将“等我长大了”的承诺一一列出,又用对比的手法,写出即使长大了,做过的承诺却无一兑现。记得有个公益广告,母亲总说“等你长大了,我就能好好歇歇了”,可等孩子长大了,却要帮孩子做这做那,无一天歇息。我们真的长大了吗?我们何时能让父母长辈真正体会到我们的成长呢?

最想要的东西

他与她都是贫苦的打工仔。在繁华而又无比陌生的城市之中,唯一可让他们心生温暖之物,恐怕只有这份酸涩的爱情了。

城市的每一个街道,几乎都有麦当劳、肯德基之类的快餐店。他没有去过,她亦是。他们细细算过,平均一天的工资还不够买两个鸡腿汉堡加大杯可乐。偶尔,营销员会站在路口,把花花绿绿的彩色宣传单递向他们。他总是一言不发地接过它,说不用多久,他就会带她到这儿来大吃一顿。她笑笑,攥紧了他的手说:“不用,你得多存点钱邮回家里去,可不能这么浪费。这些西洋东西,再好吃,能比大米饭好吃吗?”

他为她的体贴感动不已,心里暗暗发誓,总有一天要出人头地,给她最好的生活。

城市的夜色很美,霓虹闪烁,可这些都与他们无关,他们只能手牵手走上远远的一段路,喝上一杯清淡如水的冰果汁,然后再相拥而回。

回来的路总觉很长,漆黑一片。她紧紧地抱着他结实的右臂,跟随其后。他挺直了腰板,眼睛虽在四处扫射,口中却是谈笑风生。他知道,他若不如此,她便更加不安了。

离宿舍不远的地方有一处厕所,这也是附近唯一的一个厕所。没有路灯,漫漫的草丛遮挡了远来的光线。每经此路,她都会停下入内。她说,要是现在不上,就只能等半夜起身一人前来,多可怕呀。

厕所颇为简陋。呼呼的风声从外急速地从空隙中灌入内里,听起来着实吓人。她一步三回头地进去了。还未入内,一阵熟悉的口哨便在身后响起,回荡在整个厕所。

她在黑暗中摸索着蹲下,内心忽然再没那么惧怕。响亮的口哨,在寂静的黑夜中,像一道光明让她眼前一亮。很多时候,她愉悦得不行,在里面就跟着男人的口哨轻声哼唱起来。他们像一对欲翔的夜莺,在寂寞中谱写动人的乐章。

之后的黑夜,他的口哨成了她唯一的慰藉。他以为,这样的爱情,即使不能天长地久,也绝不会轻易消亡。

贫穷是魔鬼,是疾病,它能让人的心志在一瞬间轰然坍塌。尤其是对于那些已经在穷困中挣扎多年的人儿来说,他们更能体会到金钱的重要性。

她跟一个工薪人士跑了,没有任何声响。他亦不曾多问,他知道,这是他的永伤,也是她的幸福。

她以为,这就是一生最想要的东西了。她可以不再为物质与生活的琐事愁苦,不再为一杯可乐细致算计,不再为一件劣质衣服缩食半月,不再与苦痛、贫穷为伍。

许多个深夜,男人很晚都未曾归来。她在偌大的客厅里苦苦守候,焦急地等着男人的电话。那样的惶恐,是怎样刺眼的光明,怎样温暖的居室都无法弥补的。她常常觉得,心似冰窖。

楼下,不知是哪个晚归的路人又吹起了口哨,远远地来,又远远地走了。热泪淌满了她的脸。她知道,她所想要的,原来只是一双可以让她在寒冷中逐渐得以温暖的双手,一声可以让她在惶恐中瞬间得以安定的口哨罢了。

点评

我们总在寻找,寻找自己想要的,也总以为找到了,可是兜兜转转,才发现,我们想要的其实非常简单,也许就是那一份安全感。

最后的回头

“父亲是魔鬼。”大约从 5 岁起我就这么认为着。好像他对我除了打骂之外，就再无其他了。

与他独在家中的时间，我总是保持沉默。我不叫他，他也不会叫我，形同陌路。

在我的印象里，他好像除了喝酒之外就无所事事。记得六年级的时候，他喝醉了，跑到学校来找我，当着全班同学的面把我拖到讲台上打得满口是血。结果，我出名了，成了全校的风云人物。没有一个人不知道我有着一个如此“疼爱”自己儿子的父亲。

我怕他，更或者不是怕，是一种发自骨子里的畏惧，一想起来就全身冰凉。有很多时候我远远地看见他进了厕所，虽然我很想上，但我不得不站在远处憋着，直到真切地看见他出来并远去。

中考的那一年，我恰巧 16 岁。考试那天下着倾盆大雨。

我着急考试便起了个大早。他说要送我去，我当然不希望他送，因为我害怕。可我不敢说。

到了考场下面时，他什么也没说便回头走了。朋友也恰巧刚到，问我那是谁，我没有回答。对于他，我从来没有想过他会如何关心我，甚至，我已经习惯了他这种冰冷的态度。

考场离校门有一段距离，大雨中，我依旧能看清他飞快的脚步。考场门没开，我就这样呆滞地看着他离开我的视线。

快到校门拐角处的时候，我内心无由地腾升起一股莫名的愉悦——终于可以脱离他了。就在我打算转身的一刹那，他回头看了我一眼。我知道他的眼睛不好，所以他又顿住了脚步，朝我所在的位置，仔细环望了一下。不知怎的，看着在大雨中朝我狼狈回头的他，我的眼眶一瞬间湿润了。

一切都是那么平常。只是从那天起，我开始叫他爸爸了。

点评

不知道是哪一点戳中了心中最柔软的部分，也许是父亲回头的一瞬间，也许是他顿住脚步的刹那。作者用非常简单的语言诠释了什么叫亲情。

母亲的疼痛日

在我印象中，母亲是没有生日的。

多年来，我都不曾问过，她亦不曾主动提及。我一直以为，性情刚烈的她不爱这种媚俗的礼节。倒是我，从未被忘怀过。每到那一天，母亲都会领我上街，给我买好吃的东西，漂亮的衣物。那时的我觉得，这是一年之中最幸福的一天。

后来，我逐渐长大了，也开始明白，我来到这个世间的程序。它既不如母亲所说的，是从大山那边捡回来，也不若父亲道的，来自一个很遥远的地方。我的发源地是母亲的身体，那么简单与空洞，可又是那么温暖与安适。

我终于懂得感激母亲，在那一天给予了我生命，让我得以在今时看到眼前一切美丽的景象，还有所爱之人。

成年后，母亲再没像从前一般，于生日那天领着我买东买西。可尽管我一无所获，她还是不曾忘却。总会在家中反复唠叨，今天是我的生日，巴不得让所有人都知道，此日是多么特别。

之后，我考上了大学，立志成为一名优秀的医生。开始认真听堂，做笔记，看资料，忙得不可开交。

当上到妇产这一章节时，授课老师先讲了疼痛的分级。原来，人所能感受到的疼痛可分为十级。被蚊虫叮咬，列为一级，属于最微弱的痛觉。分娩，则被列为十级，也就是人世间最强烈的痛觉。

我的思绪忽然从课本上飘飞到家乡的田野中。窗外阳光明媚，不知家中如何，母亲是否还和往常一样，背朝太阳地在黄土中默默劳作？

大概，我是清楚母亲生日的。每年的同一天，她都会买上一些水果糕点去看望外婆。外婆偶然会说她又长了一岁，给她煮上几个红皮鸡蛋。她欣欣然将蛋小心翼翼地剥开，递给外婆一半。

我想，在母亲的感激之外，还存有着一些愧疚。因为在那时的她已为人母，已懂得在尘世间,作为一位母亲的艰辛。

我不明白,当这巨大的疼痛袭来并延续之时,她们在想些什么。那一声啼哭,既是一个新生命的象征,也是让她们豁然重生的唯一理由。

在经历了最残忍的折磨之后,她们还得对这个予之疼痛的人会心一笑,并心生铭记,将这一日年年延续。

原来,我们的生日,便是母亲的疼痛日。我们在大笑着飞越过童年、少年、青年的岁月之时,是否想过,每一次生日,都该为母亲安心地补偿一次?让她知道,这个节日,并不仅仅属于她的孩子。

点评

提起母爱,总会想到“伟大”这个词,母爱为什么伟大?因为她们为孩子舍弃了很多,牺牲了很多,就连疼痛日那天的疼痛都忘记,剩下只有对孩子满满的爱。

打开你的总开关

中考落榜后，母亲不愿让我就此脱离学堂，日出而作，暮后而息，点凑了一笔颇为庞大的费用，打算用于给我自费读高中，继续求学生涯。

我左右不愿。因为我清楚，那笔钱，是母亲日夜不间断地流汗所换来的。再者，我真已觉得，自己不是读书的料。寒窗十余载，最终落得如此下场。幸好三百六十行，行行出状元，于是，我有了辍学的念头。

我几经跟母亲提起，她都不同意。我知道母亲的性情，只好作罢。整日游混于学堂，碌碌无为。感觉，自己一身的光点，将要随时光消逝，并埋没于这乏味的学堂之中了。

当时依稀知道，自己真是厌学了。我的善良、勤劳、勇敢、大方，都与这个学堂无关。只有越过四面高墙，踏入外面的世界，这些优点才会得以全然展现。

高一下学期，物理老师因公调配。新来教此门功课的是个瘦小的老头，看上去颇有曾经私塾先生的味道。

他有事没事总会到学堂里转悠。大抵是发现了我的病态，于是终有一日找上了我，叫我去协助完成一个电路实验。

密闭的实验室里，一些拇指般粗细的小灯散发着昏黄的光亮。幽明中，大抵可见无数纸条被钉于电路开关旁边。我细细看去，大都写着勇敢、坚强、毅力、善良等词语。

先生说："你细看后，已该明了，这些开关之上，都有着成功必备的品质。你尝试去做一下，按怎样的顺序，才能将这些光亮发挥到极致。"

我按先生的话，一一试去，依次拉下了善良、勇敢、勤奋、自强的开关。昏暗的屋子里顿时有了 4 束光亮。

我想再去打开其他的开关，却被先生制止了："每个人的优点终是有限的。4 次机会，已足够了。"

看着微弱的4盏灯在漆黑中努力地散发着光亮,我的心一点点开始惶恐起来,感觉这些原本刺眼的光束都在逐一暗淡。我生怕,有那么一瞬,这些光亮会陡然熄灭了。

虚弱一步步向我推进。就在昏暗即将重临这个屋子的时候,先生"啪"地拉下了总开关。顿时,几十束刺眼的强光从四面八方照射而来。我被笼罩其中,像是一个焦点。

那一刻,我内心温暖极了,心潮澎湃。先生引着我走出来,去看那个神秘的总开关。

那是一块做工粗糙的塑料。塑料下,依稀有一根短短的黑色胶线。胶线旁,是一张偌大的纸条,纸条上赫然写着两个字:"学习。"

我恍然明白了先生的用意,开始沉浸在一种对往事的忧伤愧疚之中。先生笑说:"当你面临黑暗,欲追求光明之时,请记得打开你的总开关。只有它,才能让你的人生闪耀,不断丰满。"

此后,每每浮躁,我总想起那根不起眼的黑色胶线。总渴望去拉下它,让光明再一次盈满我的双眼。

点评

这是一篇读来令人心生力量的佳作,结构严谨,思路清晰。先生的话既具有典型性,又切合题意,结尾含蓄而充满鼓励,引人奋发向上。

山中兰花草

在大学之时,我起初修的是钢琴技法这一专业。后来,因为与写作时间相冲突的缘故不得不放弃,改而重习了另外一门不用花太多时间去练习的音乐学专业。

我以为,自己对音乐的爱好是从中学那时候隐隐萌生的。今日遥想起来,显然不是。大抵还记得五六岁光景,每年除夕前夜大伯都会从一个不知名的城市赶来与我们一家团聚。在印象中,他是爱我又有钱的。

他喜欢听我咿呀咕哝地唱《潇洒走一回》这首老歌。一边含笑细听,一边攥着手里的钱——唱完一遍就给50块压岁钱。

而每当我穿着黑色小袍,眼睛滴溜地糊弄到"我拿青春赌明天,你用真情换此生,谁也不知人间多少的忧伤,何不潇洒走一回"时,他的双眼里总是噙满了泪花。

我偶然会问母亲:"大伯为何不带大娘一块儿来呢?"当然,我那时虽小,但心里明白,总是会有些难以言明的苦衷,因此,从未当着大伯的面问过这类话。

母亲说,大伯和她离婚了。我不知道离婚是个什么样的概念,只是隐约懂得要分开许久许久,再难相见。

后来,我进了学堂。教我们音乐的先生是个老头,性格极为温蔼。毕业之前问过诸多同班的同学,没有一人见过他发脾气。

他教的第一首歌是《兰花草》,这首歌足足教了一个学期。颇为奇怪,调皮的他们竟无一人觉得厌烦,欣喜地跟着唱:"我从山中来,带着兰花草,种在小园中,希望花开早……"

我是个极没耐性的孩子。有一次我累了,无趣了,索性就不唱了。瞪大了眼睛看着周围同学的嘴巴,一张一合,一撅一缩,甚是滑稽,忍不住捂腮嘿嘿笑了起来。

先生停下手中音乐，走到我的身旁，微笑着邀请我起来唱一个。我扭捏着不唱，说唱不来。他说我是害羞，不像个男子汉，他先前分明听我唱了许多遍。

我赌气站起身来，还未开口，先生手里的手风琴便呼啦啦地展开了。他挤眉弄眼地引导着我，博得满堂喝彩。那一个午后，是我童年最广阔的午后。所有的清风、飞鸟、树叶等等美丽又风马牛不相及的事物都急迫地奔涌到我的心间里来。我按捺着，小小的胸怀像是快要裂开，赶紧将它用力抵在课桌上。

后来，我无由地喜欢上了音乐，喜欢这个一学期只教一首歌的老先生。

快临近他的课时，我总是安静地趴在走廊上。等他骑着一辆落漆的蓝色三轮车悠缓地抵达楼下时，我便吭哧吭哧地奔下楼去，将置于车厢中的手风琴一拉而出，挎于背上。他不说话，偶然会叫我慢些，慢些。我不回头，只顾咯咯地笑。

后来，我毕业了，再没见过这位先生。很多年后，几次回校，悄然地徘徊在古老的翠柏楼前，听里面琅琅书声，抑或不成调的新曲。总希望能再见到这位喜欢用手风琴给我伴奏的老头。想必，他已不在人世。即便尚安，也怕已认不出我的模样。更或者，在他恬然的内心深处，从始至终就没有我的影子。

不过，毫无疑问，他切切实实地改变了一个忧伤的孩子。他把一株终日不见阳光的山中兰花草移到了小园暖房，使得他后来的人生如词中所述一般“满庭花簇簇，添得许多香”。

点评

写作手法娴熟，思想富有深度，可以称得上是佳作了！老先生这个人物形象是本文的点睛之笔，起到了举足轻重的作用，结尾点明中心，耐人寻味。

每一次等待的意义

我所在的小镇异常贫倦。有乱穿街道、互抢客人的公车，却没有固定的公车站牌。一路上，你全然得自己照看着。到目的地了，大声叫唤后，那司机才会缓缓地踩上刹车，驶出一大段路，让你下车回走。

我所在的街道只有一辆公车经过。司机面容憔悴，却不乏一脸狰狞。因此，很少有人会与他争吵。偶尔碰上一个脾气也异常暴躁的泼妇，与他斗上那么两句。不过，往往是城门失火，殃及池鱼。

“这辆公车的司机没人性！”大家都这么说。

我起初不以为然。想想看，无论是谁，整日开着同一辆车，在同一条街道上反复行驶，无休止地等待着陌生人，上上下下，下下上上，心里能不厌倦，能不烦闷？待被他怒目斥声地吼下车，走了几次回头路后，我暗暗赞同了那句粗话。

坐在寒风灌窗的破车里，我时常会盯着那司机的秃头想，如他此类心若磐石之人，到底有没有真切地爱过哪位女子？

好多次，我为了打发时间，特向周旁年龄相仿的女士们提出这一疑问。她们皆付诸大笑，然后反问我：“你看他像是会疼人的料儿吗？”完毕，众人全在后排咯咯偷乐。

这里的公车没有投币口，司机全职看护。除了开车，报点之外，他还得做好收钱找钱的工作。说实话，要是为公，立个牌在那儿就是，你只管投币，多少都不会影响我的收入。可这所有的公车线路都是由个人承包下来经营的。多少是直接关乎自身生活水平的大事儿。

司机收钱从来不说话。旁人问及价钱，他连眼都不抬地伸出两个指头示意。有人说：“这破车，还要两块钱？”他冷笑：“嫌贵就下车跑步吧！”

天气日益清冷。有时，清晨出门就能看到门口不远的积水处结上了一层薄冰。

司机大抵是真冷了，竟舍得花钱请来一个帮手。40 来岁的中年女子，脸色颇为憔悴，同是面目狰狞。

后来，有人说，这是他老婆。

连续一周，那女人都毫无怨言地帮他做事。午饭时间，还下车给他端来热气腾腾的一个大餐盒。我想，大概真是夫妻吧。要不，也不必如此。

女人挎一黑包，收来的钱，尽揣内里。暮色时分，在车上数了又数，整了又整，算了又算，才回放到包里。

女人会在一个空旷的街道前下车，步入一个幽深的巷子。大抵，他们的家在那儿吧？

这个时间，是大多人急于归家的时间。他们在车上抱怨、咒骂，叫司机快一点儿。司机不理，照旧把车停在巷子的出口，没有半点离开的意思，目不转睛地看着黑暗深处。

直到有一束明亮的灯光从暗处远远地破空而来，他才会面露一丝微笑，转头将口中残烟抛出窗外，缓缓发动车子。

我时常会被这一个众人呵斥的细节感动。有人告诉我，他这么做，全然就是为了钱。怕老婆出事是假，怕钱遭人抢是真。

可坐在最前面的我，一直看着他眼睛的我，清楚地知道，这与钱无关。他的每一次等待，仅仅是在尽自己最大的努力做好一个丈夫，哪怕是分离的前一秒，也要保证他所爱之人周全。

点评

不要轻易把自己的想法强加别人身上，很多事，并不是表面上那样简单，就如同一脸狰狞时常对乘客态度差的司机，没有像大伙想象的那样不会心疼人，相反，他把每一次等待，每一丝微笑都留给了他爱的人。

一毛钱的人生道理

转眼孩子就7岁了。和其他的小男孩一样，他健康、活泼、爱动，并且，喜欢吃各种各样的零食。

最近他和一帮孩子迷上了一种糖，细长的圆棍形，他们把它唤作“棍子糖”。这种糖外面有一层非常华丽的油纸，甚是惹是喜欢。价格也不贵，一毛钱一根。

我尽量地满足他这个小小愿望，可有的时候多了，我就会去教导他要适可而止，不能把钱全部都花在这个东西上。这时他就会睁着大大的眼睛看着我，生气地道：“你卖一瓶水就能帮我买一根棍子糖了，你一天卖那么多，却不舍得给我！”

对于孩子这样的回答，我又气又想笑，小小的他竟然知道我卖一瓶水能赚一毛钱。

由于从小身体瘦弱，所以家人一直不允许我外出谋事。于是，在孩子5岁时，我在附近一所大学的操场上摆了一个摊位，卖点儿水果和矿泉水。

每逢学校有篮球比赛或者是天气比较热的时候，我的生意都会尤其好。这时，孩子下课后经常会来，带着他的那些小伙伴来看篮球赛，或者是拍皮球。

在他的眼中，好像我的职业是所有家长中最清闲高贵的。就如他对那些小伙伴们说的一样。“我妈妈坐在那儿，就有好多人送钱来。”他也经常会跟我说，学校对面那位卖米的阿姨多辛苦，整天还得搬好大口袋的米。

我摸着他的头笑笑。对于他的天真和仁爱，对于他并不嫌弃我这份工作都算不上的苦差事，我感到很欣慰。

孩子又在问我要钱了。今天这是他第6次这么苦苦哀求于我。

“妈妈，我只要一毛钱，你卖一瓶水就有一毛钱了。”孩子开始有点抱怨了。

“不如这样吧，今天所有的东西都由你来卖，卖了多少我不管，我只收20块钱。剩下的全归你，你可以用它去买很多的棍子糖。好吗？”我一边摆放摊位，一边跟他说道。

他觉得这是一个赚钱的好机会，满口答应了。并且坚持要和我拉钩，说不许变。

把零钱点清交给他后，我快步地走了，在不远处默默地注视着他。

炎热的操场上，许多学生在上体育课。他安静地等待着，希望他们在课后都能过来买矿泉水。而实质上，买水的学生并不多。

篮球落地的啪啪声吸引了他，可他知道，他不能离开摊位。于是，这种游戏的诱惑，在他小小的心里逐渐成了一种苦闷。

一个小时后，原本阴凉的大伞下忽然热了起来。因为阳光已经改变了角度，开始向西倾斜。我的孩子就这么捏着一把零钱等在那儿，看着来来往往的大哥哥大姐姐都不买他的水，他显然有点难受。

一些不知名的小虫开始来侵扰他，包括苍蝇。他用力地拍打着它们，像是一种发泄。晶莹的汗水浸湿了他白净的衬衫，清晰可见他的后背。

快到平日收摊的时间了，他看着手中的十几块钱，开始紧张起来。四顾环望了一周，企图再看到一些要买水的顾客。可恰巧这时，一只苍蝇闯进了他的视野，落在了一个鲜红的苹果上。

他慢慢地将小手伸了过去，运足了气力。“啪”的一声，摊位应声倒下了，水果和矿泉水乱了一地。

我赶紧从他背后的草丛里跑了出来，将他抱在怀里。可本是安静的他，却在我这一抱之下忽然大哭起来，止也止不住。

“孩子，没事吧？不哭，不哭。”我一边安慰着他，一边查看着他的手臂和大腿。

他捏着手里的钱，哽咽着断断续续地跟我说：“妈妈，钱不够，钱不够！”

我没有责备他，更没有和他说一些赚钱有多不容易的道理。而是小心翼翼地安慰着他，并且塞给了他 5 毛钱，让他去找那些小伙伴，和他们一起买棍子糖，可他却还给了我。

我没有多说话。看着他此时安静地帮我收拾着摊位，我知道，这一个小小的事件已经在他的心灵深处扎了根，也已经让他明白了许许多多的来之不易，和一毛钱的人生道理。

点评

作者没有用直白的语言讲大道理，亦如文中的妈妈没有向孩子讲赚钱的不易一样。而是通过一个故事，通过孩子前后表现的对比，让很多人明白，有些事不一定要讲道理，可以用另一种方式表达，效果可能会更好。

时别至今日

时别至今日,20 年。

离别的年纪里,大抵是不知别离为何物,竟是那般欣喜。记得那时的他站在巷口,手握大把的青枣。马车缓缓地将他带走,我没有半点哀伤。他从一上车就回身面我而坐,眼睛不眨地看着我。

当他母亲下车,要他坐正的时候,他倔强地摇着肩膀,把小小的青枣放到口里硬生生地咬着。那脆裂的声响一下子击中了年幼的我们,终于双双放声大哭起来。

他咧着嘴巴,我也一样。我能够看到他洁白残缺的牙齿,而我,想必还没有出齐。因为我比他小整整一岁半。

后来,我迅速忘却了这样的伤痛,因为在那时的年纪里,原本就没有什么伤痛可言。但我极度的相信着,他一定会回来。

所有的人都知道,我是他兄弟,一对毫无血缘关系的兄弟。

没过多久,我被送去省城念书。在众多的伙伴里,我经常能看到他的影子。于是,我就开始努力地想象他那时的模样,直到母亲的歌声隐约消失,我沉沉睡去。

我由开始的极度期待,逐渐变换成了一种冷落。这样的冷落,不是无所谓,只是害怕自己会对这份年少的情怀伤痛不已。

确切地说,这样的忽视持续了 10 年。因为,后 10 年里,我都一直沉浸在对往事无法延续的恨意之中。在到后来多愁善感的年纪里,就连看到一枚小小的青枣都会让我忽然眼眶微润。当然,我是何等期待着马车,特别是那种在巷口出入的马车。因为我想切身感受一下,当日面我而坐的他,内心是何种感受。

终于,在某一日的宴席上,我这些日渐压抑的渴望被彻底冲垮。原因很简单,只因一个陌生人在朋友的引见下,和我共同举杯时,叫了我一声兄弟。

兄弟，那曾是多么亲切的字眼。现在，却沦落到要依附于一个陌生人的嘴巴，才得以听到。我微微低头，嘴唇紧压住杯沿，将酒一饮而尽。

我忽然想起那日的马车、青枣、残缺的牙齿。

后来，在许久未曾联系的农村朋友那儿得知，他此时已经结婚，并且过得不是很好。当我听到他过得不是很好时，心里忽然一紧，往事汹涌袭来。

终于，我和母亲再次来到了小巷。旧日的家门前，满枝满枝的迎春花开了，压着高高的荒草。

看似一切都不曾改变，在20年的光阴里。

巷口的一群孩子在玩耍。那笑容，像此时绚烂的迎春花。

忽然，一个熟悉的身影从他幼时的家门里走了出来，朝着巷口的方向，低身抱起一个正在玩耍的孩子，欲转身离开。

我与他的目光，就在那一刻里交接。他大抵是认不出我了，可我却能够如此清楚地认出，那就是他。

他没有认出我，一直没有。

终于，他在进门的那一刻认出了我的母亲。他逐渐向我们所在的位置靠近，我不由得紧张起来。

他站定，和母亲寒暄了几句后，仔细打量着我。此时，他已长得无比结实，和所有庄稼人一样，有着宽厚的肩膀，古铜的皮肤。当他嗫嚅着叫出我的名字时，我竟没有半点欣喜。

我敞开手，报以他一个苦涩的微笑，将他与他的孩子一并抱住。

从始至终，我都没有按起初所想的那样做——带着他去城市，给他一个相对较好的工作。因为，他过得并不如朋友所说的那般狼狈。相反，我觉得他这些年过得很好。

他不需为每天更新的资料从早忙到晚，电话不断；不用担心在拥挤的车道里，孩子找不到回家的路；更不用担心屋内的电脑没关，煤气没断……

我想，这样的安定，是我没有权利去剥夺的。

并且，时光已将所有的旧日裁碎，包括那次年幼的离别。只是，我紧咬着不放罢了。所幸他放开了，并且放得如此安然。

当然,我没告诉他,时别至今日,这些都是我一直想要看到的。

点评

一个朋友对另一个朋友的祝福,儿时的玩伴,感情纯粹真挚,虽然时间的洪流冲淡了这份友情,给我们之间画了一条银河,但当“我”看到他过得这样安然、平淡,很高兴。平淡的生活,就是幸福。本文文字中带着些许的无奈,更多的是深深的祝福。

何谓生活

朋友说,我和他是典型的水火不相容。

他一心想成为人上人,走南闯北,施展浑身抱负。而我,空有满腹经纶,只懂得亭前闲坐,每日看书写字。

他不止一次郑重其事地跟我说到这个世界的险恶之面,人心的歹毒叵测。我每每笑闻,像是在听一个玄幻异常的传奇故事。他边说边问:"你不信?你信不信?你到底信不信?我真没骗你!"

我知道他的好意。他是真把我当朋友了,不想让我在这个混乱的尘世出一点差错,不想让那些恶意之徒在我身上捡走半点便宜。从心眼里,我感激他的唠叨。

可我只能这么告诉他:"你说的这些我都懂,我都信,但恐怕这一生都不可能遇到了。"

他悲叹、摇头,欲图说服我出去走走,看看外面斑斓多彩,又惊心动魄的世界。起初他会废上一大串的言语,用来诱惑我。后来这几年,他死心了,认了,知道我这辈子都不可能走出这个小城了,索性就不说了。

是的,我走不出这个小城,也不愿走出这个小城。他笑骂:"你知道吗?这个世界有多少东西你没有经历过,没有看过?你的人生是残缺的!是不完整的!"

他爱看我写的文字。他说,我的文字总能给他一种安适的温暖。这是漂泊之人最渴慕的东西。

家中搁置的旧书,年少时买来的那些,大抵还有一半未曾过目。另外,每日又有新书不断进入。我想,即便真把这一生都耗在这些单薄的纸页上,也怕是难成正果了。于是,常常会冒出一个让我仓皇不已的念头:逃出这个小镇,去看看外面的世界!

记得书中有云:18 岁之前未曾谈过恋爱的人,他的人生是不完整的。没有到过长城的人,是不可自称好汉之人。没有登过珠穆朗玛峰的人,是不能感受到众生苍莽之人。诸如此类的话,从我翻书的那天起,大抵就有了。

我想,我和很多人一样,没有去过长城,没有登过珠峰。甚至,一生都未曾走出过生育自己的小城。可这又能代表什么?真就能代表着我们的生命不完整吗?

回顾时光的河流,我的大部分时间都花在了读书和写字之上。对于这两件事,我总是无悔、甘愿的。有时,外出游了一日归来,躺在床上,如何都不能入睡。细细想想,还有什么事没做。遂披衣伏案,翻上那么两页书,写上那么两段话,才能安然睡去。

我可以毫不犹豫地说,我爱这样的生活。它与喧闹的城市隔了何止十万八千里?我的每一个细胞,每一寸血液,都可以在文字的汪洋中来回,无边无际。请问,外面的世界,真有如此浩渺深沉吗?

即便有,也掺杂了许多可怕的答案。我相信朋友所说的话,林子大了,什么鸟都有。

我不是不愿去看那些丑陋的一面,而是没有机会,更没有必要去逼迫自己,硬是得窥上一面,瞧上一眼。我想,要是我真那样做了,便不像是自己了。

几年前,偶遇一位已是耄耋之年的教授。临别前我问:"何谓生活?"

他答:"同一样地生,不一样地活。"

点评

本文题目采用疑问的方式,引出何谓生活。结尾给出答案:同一样地生,不一样地活。每个人的生活方式不同,自己活得舒坦就是最好的。

稻草与大树

我与你一样,时刻在想,如何向后一辈的人阐述信念的重要性,以及信念为何物。当我在公共场合有意传达这类思想时,旁人经常会讪讪地问我:“信念能吃吗?能填饱肚子吗?”

信念如梦想一般,纯属虚无之物,缥缈至极。没人能说出信念的形貌、体态,或者是年龄。它与我们不仅仅是天涯之隔,阴阳相离。甚至可以说,它从始至终就没有在人类历史的长河中显现过。

那么,我何以要推崇并且宣扬它呢?原因很简单,它对所有存活于世间的生物都有着不可言喻的功用。

很多人问过我,有什么功用?难不成能把所有的人都变成比尔·盖茨,变成爱因斯坦?当然不能,信念本身需要生命作为载体,而每一个生命所具有的天性都存有着细微的差别。因此,注定会创造不同的历史,取得不同的成就。

很久以前,我手底下有过一个异常调皮,又极具文学天赋的孩子。我每日闲暇时必会催促他,专心攻于写作。可他不爱遵从我的吩咐,他说,文字是在心中,并非跃于纸上。可我知道,他仅仅只是懒于动身提笔。

他和很多人一样,而这类人什么年龄段的都有。自己本身心存希冀,尚有鸿鹄大志,却不甘脚踏实地,为此志就地挥汗。于是,时日一长,所见收效甚微,胸中大志便成了小志,最后,全然无志。无志不说,还好提“当年勇”。

大怒之时,我曾骂过他,心中毫无半点信念。他如旁人一般问我:“何为信念?你能指给我看吗?”

我领着他,穿过城市的车水马龙,来到秋日的田野上。

弯腰割稻的辛勤劳动者与金黄的果实构成了一幅绝美的画面。我步入田野之中,随手捡起一根稻草,放到他的手里,让他开怀抱住这根稻草,并做一个双脚离地的动作给我看。

他见我异常严肃，便一声不吭地抱住那根如筷子般粗细的稻草，试图双脚离地。可这样的事，终究是不会成功的。最后，他一脸委屈地说："我做不到。"

路旁，一棵茂盛的大树正迎风招展。我指着壮实的树干对他说："你抱着它，并做一个双脚离地的动作给我看。"

他欣喜地双手抱树，一跃而起，双脚离地蹬于树干之上，"噌噌"几下爬了上去。然后站在高高的树枝上冲着我笑，像是在炫耀他的技艺。

我问他，上面的景色美吗？他对着一望无垠的田野远眺几次后大声地告诉我："美！美极了！"

我令他下树之后，拍拍他的肩膀道："你刚才所抱的两种东西，就是我平日所说的信念。"他不解地看着我。

"信念虽是虚无之物，可你却能拥抱，或是依靠着它来行路。只有当某一日你心生绝望，或是豁然开朗时你才会明白，它就在你身旁。也许，它是刚才那根弱不禁风的稻草，任凭你如何努力，也无法与困境脱离。也许，它是面前的这棵大树，既能让你无畏风雨，又能让你站得更高。"

刚说完这些话，田野上就起了秋风。那些杂乱的稻草再次被席卷得狼狈不堪。不远处，一棵大树正立于狂风中，"哗哗"地朝空咆哮。

点评

什么是信念？作者用语言将它有形化。也许是稻草，也许是大树。更巧妙的是结尾，将道理深化，给读者留下思考空间。

回 家

与妻忙于购房的那段时间，我几乎是把所有的工作都放下了，整日徘徊于每个房地产开发商门前。最后，算是选定了一个颇为僻静的居所。

虽说房子是在郊外，交通不是十分便利，但是轰足油门，十几分钟也就到了。并且，就环境而言，四面环山，出门不远便是农田，四季绿意盎然，确是养人之地。

搬迁那日，我未等安顿完全就迫不及待地出门观望风景去了。那春野之地，微风一起，层次分明的绿浪和叶子摩擦的声响就恣意席卷着我的视听。可在这大好的自然风光之中，唯一有所不合的，就是小区之外的那一排破旧木房。

小区新建，不管内外都是洁净明亮，让人倍感舒适。可那一排靠黑瓦黄土堆积起来的木房，却与这栋有着粉砖蓝窗的高楼形成鲜明对比，让人内心颇感压抑。

木房内有着一群活泼的孩子。清早，我拉开窗帘时，经常能看到他们蓬头垢面地从那些黑乎乎的瓦片下面走出来，一脸灿烂。我时常在想，这些孩子是否也像当年的我一样，被父母教导着，只有好好读书，才能在长大以后住进类似于我现在所居住的洋房。

傍晚开车回家时，我经常在快要越过这些木房之前立刻加速。因为我不想让那些苦难的孩子看到，不想让他们去猜想，我所有的幸福。然后用他们纯真的心去对比，把我和他们拥有古铜色皮肤的父母相比较。

大雨的午后，我拉开窗帘，一边喝着朋友从千里之外邮来的碧螺春，一边看着窗外雨中美景。

忽然，一群孩子从远处闯入了我的视线。茫茫的雨线里，那些孩子共撑着两把陈旧的伞，拥挤着向前走来。

当他们闪入小区背后那片我目所不及的范围里时，我忽然慌乱起来，为这群素不相识的农家孩子。原来，在我闯荡了多年的骨子里，依然有着善良的影子。

片刻，他们又出现在了我的视野里。原来他们只是绕了一个大圈子，从小区前，绕到小区后，再到那排木房门前。

待那群在雨中已湿透了半身的孩子进入木房后，我才去极力搜寻着他们回家的路途。

原来，那条直接通往小区的路，本不属于我们。只是，当这栋极有力度的高楼在路上矗立而起之后，这路就成了我们的了。那些在小区背后习惯了沉默的几十张面孔，男女老少，又这么简单地习惯了忽然漫长的回家路。从小区前绕到小区后，再绕到他们破旧的木房里。

当他们脸朝黄土背朝天地将田野插满秧苗时，我在楼层之内欣赏春景。当他们顶着骄阳上阵，手握镰刀一把把割着稻秆，将双手磨满厚茧时，我在窗内教导着儿子何谓人生的春种秋收。

对于我来说，回家的路途或许是忙碌了一天后的最大享受。可对这些整日不得闲的木房主人来说，回家的路或许是一段漫长而又短暂的煎熬。他们是否也会像当年的我，像他们的孩子一样期待，多年以后，风光搬迁进入门前这样的洋房？

点评

一些不起眼的人或事，往往会触动人们的心灵，本文便是如此。作者用简洁严谨的语言生动地刻画了那些身处社会底层的劳动人民的形象，结尾的慨叹充分展现了劳动人民的人性光辉。

将善意全部带走

凌晨,与一帮许久未见的朋友,在街角一家温暖的餐馆里吃着大排档。那些腾升而起的热气将窗子渲染得朦胧无比,毫不知外面的世界。一位兴起的朋友站在窗下,一边看着我们大笑,一边写着"今日到此一聚"的字样。透过那些笔画,我们这才清楚地看见此时窗外,俨然已是鹅毛大雪。

端着温热的酒杯,我们丝毫没有察觉到铁门之外的寒冷世界。东一句西一句的调侃之后,终于杯盘狼藉。

当我们慵懒地躺在靠椅上,准备叫唤老板结账时,一位瘦弱的中年妇女闯入了我们的视线。

褪色的天蓝头巾上,一些灰色的小毛疙瘩纵横交错,夹杂着那些尚未完全融化的雪花。宽大的绿棉衣将她身体遮了大半,瘦削的脸上挂着些许水珠一类的物质。土黄的皮肤,谦卑而又不自然地微笑。她的打扮在此时这个嘈杂的场合里出现,多少有一些不和。本是嬉笑的我们,忽然沉默了下来。

看着此时横七竖八的我们,她站定了一会儿,有些紧张,像是在等待检阅。

朋友有些迷惑地问她:"你找谁啊?"

"要柑橘吗?一块钱全部给你们。"她提了提手中那几个用红色小网兜住的柑橘,干瘪而又安静的橙色。

若她不扬起手臂,我们或许都没有发现那提藏在宽大棉衣袖子里的柑橘。停顿了一会儿,我们互相有些不知所以然。

"放下两个吧,这一块钱你拿走。"最终,还是我开了口。面对她这样的装束,我忍不住同情心泛滥,觉得这样的冬雪天,这样的几个柑橘,或许就是这样一个穷苦女人的全部依靠。我自然不忍心在交付一块钱之后,把她所有的依靠统统拿走。

对于我的善意,想她必是要表现得十分欣喜才对。可并没有如我所想,相反她显得更加紧张了，紧张里，多了一些东西在躲闪。

“全部放下，我们全都要了。”在那妇人轻微地放下两个柑橘，正欲转身离开时，我的一位朋友开了口。我知道当时的我们就算是最美味的山珍也难以下咽了，更何况几个柑橘？可朋友硬是要她把所有的柑橘放下，虽然有着满腹的不悦，在当时的场合，我也只能沉默着，看着那个精瘦的妇人尴尬地空手离开。

在回来的路上，我手里握着最后两个干瘪的柑橘，仍旧难以释怀。

“我知道，你觉得我没有同情心，对不？”朋友在仅有我俩的情况下问出了这句话，我不作声，内心却在责备着他的明知故问。

朋友见我不说话，接着道：“假若我们真的同情她，同情这样的人，就该把我们的善意全部拿走。只有这样，他们才觉得那是一种彼此平等的尊重与交易。也只有这样，他们才会就此离去，回家好好休息。倘若我们为了成全自己的善举，留几个柑橘给她，她必然又要在风雪中为那一块钱继续奔波。而那时，我们的善良究竟帮了她什么？”

话毕，我顿时恍然大悟。

贫富不等的世俗世界里，我们往往在用一颗自我认知为仁慈的心去完成每一次善举。无论大小，我们都尽可能地在给予他们关怀，却从来不知，对于这些真正生活在社会底层的他们来说，完全是一种不经意的伤害。

将我们的善意全部带走，这是一种表面看似冷漠，却在内里温热无比的举动。因为只有这样，我们才能彻底地让他们从社会底层的阴影里面脱离而出，认为这是一种彼此平等的交易，而并非一次对可怜和同情的刻意成全。

点评

不论什么样的职业，都需要别人的尊重，尊重的方式有很多种，即使是社会底层人，他们也是凭着自己的力气工作，而不需要别人的施舍。本文主体鲜明，在题目上已经明确了观点，但巧妙之处在于带走的是“善意”，好的东西为什么要带走？这就吸引读者有了解内容的冲动。

握紧她的手

我很少写母亲。因为，她与中国的大多中年妇女一样，确无任何特别之处。

也许，曾有过那么些年，我是无比依眷着她的。可这样的时光终会如东水般滚滚逝去，再不复返。我长大了，顶着成年的责任，在社会这个庞大体系里无日无夜地奔波劳累。

我以为，如蚂蚁的忙碌就可换来母亲的半生清福。想必，我是忘了，在我奔波的时刻，母亲的身形也在跟着奔波；在我消停的时刻，母亲的心，一样在继续奔波。

母亲的病痛仿佛是在一夜间疯长出来的。我从不知晓，微胖矫健的她竟会堆积了这么多的旧患。

她坚持不去医院，坐在冰凉的板凳上，直直不发一言。看着她蜡黄褶皱布满岁月风尘的脸，我忽然有些感伤，并回想起了我的孩提时期。

我与此时的母亲一般，无论遇到怎样的病痛，都拒不赴医。或许，在旁人看来，这一点是与母亲相近的。可我心里明白，母亲执拗着不去，大抵是知晓医院的高收费以及我身上这几文钱的来之不易。

握着母亲粗糙的大手，我微笑着说："妈，你别担心，医院里我有几个交好的朋友，会对咱们额外关照的。"

她疑惑地看着我，如当年我问她"打针真的不痛"时一般。我点点头，她这才踉跄起身随我出门。

凛冽的风中，她摇摆得像个醉酒的老汉。望着前方一片茫茫，我顿时有些哽咽。那么多年的时光，那么多次病痛外出，终于有了今时的位置颠倒。

我搀扶着她，一面在雪地缓慢行进，一面四处遥探，是否有车辆从此经过。

躺在周遭惨白的床单上，她像极了受惊的野兔，紧攥住我的手，一刻也不放松。我笑笑，学她当年鼓励我的模样，轻拍手背，坚定地告诉她，一切安然无碍，都会好转起来。

如我所愿。母亲出院后，豁然变了一个人。她回归生活，成了原来那个刚强、坚毅、用双手撑起整个家庭的中国妇女。

听着初愈的她在昏暗的厨房里把刀子挥舞得噼啪作响，我内心百感交集，第一次觉察到了时光的可怕。甚至在想，倘若真有那么一天，这厨房就此安静了，或是已换他人。坐在客厅等待一家围聚，享受热气腾升的饭菜的我们，会不会对着那个空缺的位置，霎时热泪满面？

饭后，我抑住胸中狂涌的风暴，温柔地握住母亲的双手，预备细细端详。我真切地想要记住，是怎样的一双手，将我从四脚匍地的羸弱病身扶持成今日顶天立地的汉子。

母亲迅速抽回了手，相互捏搓着，平和地道："有什么好看的，呵，老了，这手都跟树皮一般了。"

我鼓足了勇气，再次握紧她的双手，全神贯注地审视每一条绽开的口子，每一路残留深痕的伤疤——多年的劳苦，让她的骨骼异常粗大，坚硬的指甲旁，那些被雪水冻裂的细纹，像田间小径一样纵横交错。

那夜，我躲在暗黑的卧室里哭得不能自已。从未曾想过，母亲的双手竟会是如此光景。

握紧她的双手，当她病痛、伤怀、闲暇的时候。仔细翻阅，你将会领悟，为何母亲会被称作天下最伟大的职业。

点评

本文以手为切入点，从侧面表现了母亲平凡的伟大。结尾处将母亲手上的细纹比喻成田间的小径，母亲的所有辛劳都体现在手上。本文似是讲故事，又在陈述事实，情真意切，感人至深。

让孩子走到前面

暑假，因为实习更换为自由调配，我这个不论学习成绩，还是综合素质都是一等一的优秀毕业生竟被安排到一所偏僻的乡村中学。刚到这里我就开始抱怨，不论是教师的住所条件，还是教学的设备配置，简陋程度都超乎我的想象。例如，我所教的是音乐，可找遍了整个学校，都没见一架电子琴，更别说钢琴了。

所有的不悦，我只能通过这群衣衫破旧的孩子来发泄。第一天的音乐课，我把手机里的 MP3 功能打开，设置循环播放之后，便倒头呼呼大睡。

这是他们有生以来的第一堂音乐欣赏课。我以为他们根本不感兴趣，会在课堂上捣乱，可直到最后课毕，我拿着这个墨黑色的小手机走出教室，身后都还是异常的安静。

很奇怪，他们没有任何问题，不会像城里的孩子一样，不停地问我那些音乐都是何种乐器演奏出来的。

之后，他们开始喜欢上我的音乐课。虽然我每次都是在敷衍他们，可我不知道为什么，这群山里的孩子会对这些莫名的音乐如此感兴趣。

手机里的音乐毕竟是有限的，再挑除一些不适合孩子们欣赏的流行歌曲，剩下的音乐便是寥寥无几。于是，翻来覆去的就是那几首曲子。可尽管如此，他们依旧兴致勃勃。停下音乐后，我开始向他们讲解一些乐器。为了能让他们更好地理解何为乐器，我绕开钢琴等等这些对于他们来说非常抽象的物体，列举一些他们所能想象的，竹笛、二胡，甚至树叶。

当我说到有一种树叶能作为乐器的时候，所有的孩子都兴奋地看着我，终于问出了第一个问题。

“树叶真的能吹出好听的音乐吗？像刚才放出来的那种。”他们都睁大眼睛看着我，等待着我的答案。

“是的，当然可以。”为了能坚定他们喜欢音乐的热情，我非常肯定地回答了他们。

第二天中午，炎夏都还未过的教室门口堆了满地的绿叶，大小不一。当我走进教室，所有的孩子都瞬间羞涩了。他们手里都捏着满满一把树叶，不同种类的。从课桌下那些被踩坏的实验品来看，他们已经一一试过了很多。

看着这群蓬头垢面的孩子见到我之后迅速躲闪的眼神，我忽然有些心疼了。原来，他们都有着一颗渴望美好的心灵，渴望去感受美丽的事物。只是，都被我的抱怨所扼杀了。也正是有我这样的心态，他们才会没有足够的勇气去追逐自己所向往的梦，并认为这是一件让人多难为情的事儿。

当天，我第一次向他们讲述数位音乐家的艰辛历程，还有人生逸事。接着，教他们唱了一条非常简单的乐谱，并在之后，让每个孩子都到讲台前面，按照自己的方式清唱一遍。他们都是如此忐忑，以至于很多孩子都走调了。可不知道为什么，我却再也笑不出来，只是安静地站在教室的最后面，带着台下的孩子们一起鼓掌。

我能看出，每一个孩子都在掌声中开始自信了，从他们那双对我报以感激和认同的眼睛里。

让这些对梦想怀有顾虑和羞涩的孩子走到讲台前面，不要去取笑他们的稚嫩和无知，多给他们一点肯定和赞赏的掌声，让他们有更充足的信念去追求自己的梦想。我想，这远远比让他们听一首伟大的乐曲，去接受一场轰轰烈烈的教育改革来得更加实在。

点评

这是一篇充满真情实感的文章，全文描述自然，细节描写突出人物品质。叙事中夹写心理活动，以己度人，将心比心，令人感动。

充盈冬日的心灵

冬日暖阳。在学生公寓楼下的草坪上,安然舒躺着许多享受久违阳光的情侣。

他们双手互扣,牢似坚钢。一对对你挨着我,我抱着你,谈笑风生。

我独自坐在枯黄的草根上,眯着眼睛窥望天际深处的云朵。忽然一个娇滴滴的声音从背后跳了过来:"我要吃甘蔗! 我要吃甘蔗!"

一个浓妆施粉的女孩正在向她身旁的清秀男孩撒娇。男孩拍拍她的肩膀,微笑着道:"哪有甘蔗卖啊?"

女孩挺了挺后背,远远指向假山的背后。我挪了挪身子,依稀看到一位中年村妇挑着满满一担子甘蔗向这边走来,身后跟着一个约莫10岁的小男孩儿。

她的生意很好。这些闲来无事的情侣大都甘愿花一块钱来满足一下干渴的嘴巴。

连接的几块草坪上,坐满了衣着光鲜的年轻人。他们只需豪迈地对着这个村妇招招大手,她便会微笑着摇摆着穿过假山,越过草坪,带着她身后的孩子一块儿奔到你的脚下,为你挑选出一根粗壮的甘蔗,帮你削皮,用塑料袋装好,再由小男孩双手捧于你的身前,换回那张被你紧紧捏在手中的一块钱。

还剩最后几根甘蔗的时候,妇人身后的小男孩开口了:"妈,给我留一根吧,我渴!"妇人不理会他,依旧给举手等待的情侣们削着甘蔗。

完毕,妇人挑上担子,径直朝我所在的位置走了过来。身后的女孩推搡着男孩娇嚷道:"来了! 来了!"

"两根!"男孩阔气十足地说道。

妇人二话不说,拣起一根甘蔗,顺手便削。她的孩子急了,拉扯着她的手臂央求:"妈,你就给我留一根吧! 你看都快没了!"

妇人除了干瞪他一眼之外,照旧不理会他。削完了一根,接着弯腰拾起第二根,举手便削。

伴随着刺啦刺啦的声响,通红的甘蔗皮掉了一地,露出白嫩的水灵灵的果肉。小男孩显然是在做最后的挣扎,一面央求,一面跳起来,欲图抓住妇人手中的甘蔗。

"啪!"甘蔗掉在了草坪上,顺着倾斜的坡一路滚落下去,沾染了一身灰尘。女孩大嚷道:"没了! 没了!"

接着,她惊恐地看着妇人原本握住甘蔗的左手。

鲜血如泉水一般汩汩地从她的手指上渗出,滴落在凌乱的荒草里。小男孩吓哭了,大抵是知道自己闯了祸事,一面哭,一面委屈地看着自己的母亲。

妇人丢下弯刀,扯下布块用左手拇指按住,右手捡起身旁的木棍,疾风骤雨般朝小男孩身上抽去。顿时,静谧的暖阳下,爆发了一场颇为激烈的争辩。

"别打了! 他是不是你孩子啊? 有你这么教育孩子的吗?"

"不就一根甘蔗吗? 你至于吗你?!"

"有你这么做母亲的吗?"

顿时,对妇人的批判如洪水一般从四面八方齐齐涌来。最后,迫于形势,妇人挑着担子怒气冲冲地走掉了。小男孩僵持了一会儿后,也无奈地跟着去了。

极具正义感的大学生们,并未因为她的离去而转移话题。他们约定,以后再也不买这位妇人的甘蔗。

次日,阳光四射。暖阳笼罩的草坪上依旧坐满了情侣。

他们双手互扣,牢似坚钢。一对对你挨着我,我抱着你,谈笑风生。

忽然,身后一个娇滴滴的声音从背后跳了过来:"嘿! 你看,昨天那个被打的小男孩来了! 你看他在干什么? 是不是又被他后妈打了跑来找人帮忙呢?"

我顺声望去,的确是昨天那个被打的小男孩,他顺着草坪急急地奔走着,在那些光鲜亮丽的情侣面前一一低头询问,像是在央求什么。

身后的女孩炸开了锅:"天下怎么会有这种母亲? 把自己孩子都打得跑出来了! 待会儿那小男孩一过来我们就带他上法院告他后妈去!"

小男孩大汗淋漓地跑了过来,还未站定便迫不及待地开口问道:"叔叔、阿姨,待会儿你们可以自己削甘蔗皮吗? 我妈妈的手昨天弄伤了,她一削皮就会痛的!”

我们面面相觑,还未做出回答,他又焦急地求了几遍:“可以吗?可以吗?”通红的大眼睛一眨不眨,滚满了泪花。

我点了点头。他向我们每人作了几个揖,含泪奔了回去。

半小时后,妇人挑着担子走了过来。远处,她用包扎的左手握住甘蔗,正欲举刀,那静坐的大男孩便主动起身接了过去,自行削皮。小男孩站在她的身后,一脸感激地四处窥望。显然,妇人并不知道事情的缘由。

那个流光满布的午后,不论爱吃甘蔗还是不爱吃甘蔗的人,大都举手要求购买。他们高举亮光闪闪的弯刀,热情洋溢地削着通红的甘蔗皮。

他们与我一样,除了冬日暖阳之外,内心还被另外一种不可言喻的复杂情愫充盈着。

那是一位在贫困中生长起来的孩子对一位苦难母亲的崇高理解。

点评

本文设计巧妙,前面扔了很多包袱,吸引读者想知道更多的情节,到结尾却来了大转弯,也把故事推向了高潮。也许每个人对这篇文章的理解都不同,但毫无疑问,它在每个人心里都激起了涟漪。

借一度凡尘的温暖

那个卖冰糖葫芦的秃头男人仿佛是在一场春雨后疯长出来的。他怔怔地立在楼下,如青草一般,不管清风斜阳,都安分地举着那根木棒。木棒上,是许多鲜红的冰糖葫芦。

我住楼上,清晨授课完毕,夹着课本匆匆穿过人流抵达楼下时,总能看到他的身影。他与那些挑担卖水果的妇人不大一样,清瘦白面,隐隐有股书生意气。不管人流多么喧闹,四周多么平静,他都不会张开嘴巴,像往常那些卖冰糖葫芦的小贩们一样,扯着嗓子吆喝上那么一句:“冰糖葫芦,好吃的冰糖葫芦,快来尝尝吧!”

他的生意一般。偶尔会有施妆抹粉的姑娘在不远处碎碎地议论:“又不是死了亲人,整天绷着个脸!谁愿花钱买气受啊?!”

周末阴雨,男人照旧举着木棒,只是退到了楼道里。雨点哗啦哗啦地洒了整整一日,他没有卖出一串冰糖葫芦,亦没有带伞。站了许久后,仍不见雨停,他便硬着头皮脱下衣服盖在冰糖葫芦上,呼哧呼哧地跑远了。

次日,一帮青年志愿者敲开了我的家门,意在阳台上安装一个类似遮阳棚的东西。我看看有我的学生在里面,客气地笑道:“不用了,我住三楼呢,用不着这东西。”

一女生捂紧嘴巴,忍住大笑,咕哝着说:“老师,不是给你安的,是给楼下那大叔装的,他……他……是个哑巴。”

我恍然醒悟过来。这些孩子,原来是想用一种温和,又不为人知的方式给那位不苟言笑的生活苦难者送去一丝慰藉。

大雨之后,他很久没再来过,想必是病了。临近期末之时,他又举着木棒站在了原位。

因为有了这个凉棚,初夏的烈日丝毫伤不了他。吱吱的蝉鸣中,只要拉开窗帘，就时常能看到这位秃头的男人，微笑着向路人打手势，推销他亲手串制的冰糖葫芦。

这令我想起几年前的一件旧事儿。那时我所工作的学校还没有设立邮政分局，每次投递信件，收取稿费都得走上很长的路途。

说实话，我很怕去车站、邮局和银行，因为这3个机构的服务人员的态度皆差得出奇。很庆幸，在我写作最为勤奋的那一段时间里，邮局新分了一个其貌不扬的小伙，虽不爱说话，但有问必答。

一次，我提着大包新出版的作品来到邮局，给天南海北的朋友邮寄。50多个印刷品，50多个信封，50多个不同的地址，他一一帮我粘好邮票、上秤、封口、盖章，虽然说这是他的本分工作，但却是我生平碰上的第一个遇见此事不发牢骚的工作人员。于是，兴起我便说了一句："兄弟，你是我所见过的服务态度最好的邮局工作人员！"他笑笑，脸红了大半。

后来，我再去邮局投递信件或领取稿费之时，他都会讪讪地问上一句："呵，你怎么不抱书过来邮寄了呢？"后来听闻，他连续几年都被顾客评为最受欢迎的员工。

细细想来，不光是职业这一领域，很多时候，那些心怀阴冷之人，其实都如一桶0°C的冰水混合物，它们虽碰触刺骨，但融化的条件却极为简单——仅仅只需旁人给予1°C的温暖。

点评

心存善意，其实并不是一件难的事。有句话说，做好事不难，难的是一直做好事。每个人心里都住着一个叫善良的灵魂，只是有的时候我们把它藏起来了。只要一点点温暖，就能带动起那份善良。

别把游戏的心情交给母亲

公园深处,男孩把小树摇得哗啦作响。

“妈,给我两块钱!”男孩的性子显然有些不好,兴许在我来到之前他便已经央求过很多遍了,迫切的心情让他乱了分寸。

“你要两块钱做什么?你先告诉妈妈。”妇人抬起手臂,试图去拉住她的孩子,却被男孩甩开了。他的动作是那么利索,像此时摇摆的树叶一般倔强。

“买冰棍!我不是跟你说过了吗?你都问了好多遍了!”

“你昨天感冒刚打了吊瓶就忘记了?病还没好利索就想吃冰棍?”妇人态度急转直下,原本温和如春的脸,顿时寒风呼啸。

男孩嘟着嘴,站在秋叶飘飞的树下,忧伤极了。两只乌黑的大眼睛溢满了泪水,可都被他忍住了,仿佛连这些咸涩的液体都充斥着委屈,不愿就此臣服,坠落大地。

“不吃冰棍,等你病好了妈妈再给你买,听话,啊?过来,妈妈陪你做游戏。”妇人伸出右手,心疼地召唤着他。

男孩站在那儿一动不动,任凭秋风将他的卡通外套吹打得噼啪飞舞。妇人上前搂住了他,一面娇哄着,一面安详地为之擦去泪水。

“妈妈,我们来玩捉迷藏吧。要是你输了,你就要答应我一个请求!”男孩的眼睛滴溜溜地转,谁都知道这个所谓的请求是什么。

妇人显然是怕他再度伤心,无奈地点了点头。

男孩抹了抹眼睛,兴高采烈地对他的母亲宣布游戏规则,不能怎样,不能怎样,说得头头是道。最后,他站定了,用双手捂住妇人的眼睛:“妈妈,你得闭上眼睛转过身去,等五分钟后才能回过头来找我,要是你提前转过来了,那就是输了!”

妇人微笑着按他的要求紧闭着眼睛,转身席地而坐。男孩悄悄撒开俩腿,飞也似的消失在了小道深处。

几分钟后,妇人转过身来,一棵树后一堆石后逐个找去,慢慢搜寻,一路走,一路轻喊着:“快出来吧,妈妈已经看到你了!”

约莫10分钟后,妇人失去了耐性,阴沉着脸,脚步匆匆地在公园四处窥探。

20分钟后,妇人开始发火了:“快点出来啊!妈妈没时间陪你玩了!爸爸快下班了,咱们还得回去做饭呢!”

她的话没有奏效。已过去10分钟,男孩仍旧没有出现。

妇人从凉亭外捡起一根树枝,怒目圆睁地继续搜寻,嘴里细碎地念叨着:“不听话的孩子,等我找到你看我怎么收拾你!”

天色开始渐暗,她的怒气和那些散漫将尽的流光一般,所剩无几,更多的成了担心和焦急。她开始由碎步变成了小跑,声色凄婉地道:“孩子你出来吧,妈妈认输了,妈妈给你买冰棍!”

妇人已奔跑着将投降的口号在公园内部喊完一遍,仍是不见男孩的踪影。她含着热泪,气喘吁吁地拉住路上行人,张口就问:“有没有看到一个身穿新衣的小男孩?”

“没有!”所有人给她的答案如此一致。

“这么高,这么瘦,你再想想看,一定见过的!他刚才还在这里呢!”妇人比画着双手,试图将孩子的特征描述得更详细一些,这样,或许就会有人告诉她一个想要的答案。但是,很遗憾,没有一个人告诉她“有”。

妇人掏出手机,给孩子的父亲打了电话。不到片刻,男人神色惨白地赶到了公园深处。他来不及责备妇人,劈头直问:“孩子在哪儿丢的?”

“我不知道,我和他玩捉迷藏,转过身来就不见人了……”妇人已抑制不住内心的狂澜,泪水夺眶而出。

男人拍了拍她的肩膀,简要地说了两句慰藉的话,瞬间又消失在了公园深处。

回来之时,身旁多了一位保安,手里多了两把电筒。

“你还有什么地方没有找过?好好想想。”男人问道。

“我都找遍了,差不多都找遍了,就是找不到。你说孩子会不会……”

“别乱想！没事的！孩子不会有事的！”男人打断了她将要说出的话。

沿着公园找上一圈，男人也累了，绝望地打着电筒走进厕所——这是他唯一的希望——整个公园，只有这个地方不曾找过了。

几分钟后，男孩惨烈的啼哭从厕所内迸发而出。妇人借着月光狂奔，在厕所门口涕泪交加地抱住了她的孩子。

原来，男孩在厕所里等得睡着了。

他大概不知道，这短短的几个小时里到底发生了些什么，会让一向性情和蔼的父亲怒发冲冠，将他从甜梦中打醒。

孩子，你调皮、任性，都没错。甚至，这些都是一个完美童年所必需的契机。但是，你不该把游戏的心情交给母亲。尤其，是以你本身来作为目标或赌注。

要记住，你是她的全部，她实在输不起！

点评

儿时的我们不懂父母的苦心，儿是母亲身上掉下来的肉，是父母生命的延续，甚至比他们的生命更重要。孩子，请收一收你的调皮，为父母考虑一些，因为将来，你会同你的父母一样，孩子是你的全部。

成长需要一些谎言

中学时,我曾默默地喜欢过一位文静的女孩儿。当同龄的我们仍徘徊于“江南可采莲,莲叶何田田”等这类大众诗句中时,她早已一去千里,独自写着“春去也,飞红万点愁如海”的伤怀宋词。

她很少言语,即便集体活动、出游,也是独自静坐在车厢内遥看风景,或是跟在人潮的欢笑中面无悦色。我一直觉得她是孤独的,因为那个年纪的我清楚地懂得,倘若没有人来理会自己,那再美的风景,也只能是极度了无生趣的旅程和乏味的打发。

有那么些次,我鼓足了勇气放慢脚步,渐渐移至人后,与她并肩而行。我想悄悄地与她说上那么几句话,在那漫山的苍翠和花红中。可要用什么来开头呢?可绝不能让她觉得我心存轻薄或是毫无内涵。

崎岖的山路上,我思索了许久。流光散漫,夏花惊绽,微凉的风将我的头发吹拂。我佯装欣赏风景,一次次偏头,偷看她的一颦一笑。

最后,当我无从决定,欲抽身上前时,她主动开口与我搭讪了:“喂,听说你会弹钢琴?”她站在一丛茂盛的野草旁怔怔地看着我,等待回答。我刹那间气血翻涌,呼吸急促。

“嗯,6岁开始学的。”我冲着她笑笑。

“真好,我喜欢,但不会。什么时候你到学校琴房弹一段给我们听吧!”她全然不像在开玩笑。可我们指的是她和谁?

正当我迷惑时,她悠然解释道:“下周一不是有音乐课吗?到时你上去露一手吧!”

之后几天,我争分夺秒地练习技法,生怕那短短的几分钟会让她有所失望。

周一的音乐课上,当老师问班上哪位同学有这方面特长时,我自告奋勇奔台上而去了。她坐在后排,把巴掌拍得通红脆响。

毫无疑问,那天我出尽了风头。课后,她径直朝我走来,说我的琴声感动了她。我不语,还有什么赞美之言比这句话更似和煦暖风呢?

再后来,我与她成了无话不谈的好朋友。第一时间分享着她内心的喜悦和忧伤,第一时间看她的诗句,第一时间感受她的内心所感。我想过向她表白,可回头盘算,表白了又能怎样?不也是维持着这样波澜不惊的校园生活吗?再者,万一失败了,那将意味着我和她的关系从此瓦解,两不相干。

我把这份早熟的情愫暗暗珍藏着,像她将自己内心的喜悦忧伤珍藏到诗句里一般,将所有的青涩思念,莫名欢欣都全然隐匿在飘浮的琴声中。

离别如期而至。毕业晚会上,她身着洁白的连衣裙,在一片惊呼和掌声中向我致谢。她说,我是她唯一的朋友,谢谢我这些年无怨无悔地容忍着她的小错误。

我咕噜咕噜喝了两杯啤酒,苦笑着朝角落里走去。她永远也不会明白,我的无怨无悔并不是因为我的开怀和大度,而是因为我喜欢她,那么热烈而又无奈地喜欢着她。

当夜,兴许是离别的缘故,我将积蓄多年的情感向她倾吐,在灯光凌乱的琴房内。我们都知道,不论结果怎样,都将会天各一方。

沉默像一张让人沉湎的嘴巴,吞噬着我们奔腾不绝的泪水。最后,她吸了吸鼻子说,我以后会遇到更好的女孩儿,会更加大方地容忍着她的坏脾气,会弹一段又一段更为优美的旋律给她听。

我流着泪,拍着钢琴键,忧伤地看着她的眼睛说:"自你以后,我再不会为任何女孩儿弹琴了!"

记忆中,直至高考录取之后的临行前,我都未曾触碰过屋内那架棕色钢琴。它安然地躺在那儿,落满了灰尘。

时光辗转。两年之后,我在大学开始了另一段刻骨铭心的恋情。将那个写得一首好诗、多愁善感、易流泪的她忘得一干二净。偶然翻开同学录,或看到曾有历经的场景才会恍然想起,我的生命里曾有她居住的痕迹。

那时的我以为,年少的她会在我的心里住上短暂而又漫长的一生,让我思念,让我感怀。可当我再度触摸冰凉的黑白键,彻夜苦练,为另外一个女孩儿准备一首生日曲目时，我终于明白，那时的山盟海誓，就像电视剧中的经典温情谎言一般，虽感人肺腑，却极易支离破碎。

不过，成长需要这样的谎言来给予感动和温暖，助其丰满。

点评

总有些事情需要经历，总有青春需要辜负。但是在美好再次来临时，曾经以为不会再有的感觉又会燃烧。成长的日子里，总会有这样的事情。

本文并没有用“教育”的口吻讲禁止校园感情，而是从感恩的角度讲，在成长的路上，我们需要感动和温暖。

总要路过那些荒凉

朋友举臂绕过我的后背，在我的腰上狠狠地掐了一把："快看，快看，她就是我说的那人！漂亮吧？"

我一面将刚买的包子拼命往嘴巴里塞，一面迷茫地朝他所指的方向望去。豁然，阴沉的视线中闪出一抹动人的粉红，幽静地，极有分寸地立在那儿。喧闹的人群中，她是那么独特与别致，像一件稀世的艺术品，一颗寂寞的朱砂痣。

"哪儿有？不漂亮啊。"我鼓着嘴巴，大口大口咽着面团，说着言不由衷的话。

"嘿，看不出来啊，你小子长得不咋地，眼光还挺高！"朋友嬉笑着，重重地拍了拍我的肩膀。

其实，那时的我就是那样。旁人说好的东西，我非得说不好，旁人所喜欢的，即便心中很是中意，也不会悦于面色。譬如，他们都在争先恐后地看青春小说之时，我明明很想看，却故意买了一本《论语》瞎翻。譬如，他们都在谈论周杰伦的新专辑，我明明最先悄悄听过，却还要做出一副不屑的神情，继续嚷嚷着肖斯塔科维奇的《列宁格勒交响曲》。

有太多的譬如夹杂在年轻的生命里，让我对一切旁人所追逐的潮流望而止步。

瓢泼的雨将我困在清冷的走廊上，一帮哀怨的少年站在楼下，碎碎地聊着今日琐事，一抬头，她凑巧闯入了我的视线；和一群坏男孩在食堂的角落里围成一圈，吧嗒吧嗒地几人抢抽一支劣质香烟，有人恶作剧地说，"老师来了！老师来了"，我迅速压腕将烟头藏在衣袖深处，举目四望，她又是那么凑巧地闯入了我的视线；课间广播操，我躲在教室里睡觉被教导主任发现，罚站到广场上，当着全校学生做一遍，我耷拉着头，尴尬地用余光扫过人流，刚想逃跑，她又闯入了我的视线……

我不知道她的名字。但仿佛从那一遇之后，便总是会不经意地碰上她。有时，我真想勇敢地跑上去，靠近她的耳旁说那么一句，嗨，这世界真小！

但这个勇敢的机会，一直一直没有落到我的身上。我想了很多经典对白来应付她回眸之后的话语，甚至，将她可能要做出的行为细细罗列出几十个种类，再一一想出对策。

这个看似无聊的构想，实质让我获得了无限快乐。从未怀过这样一种微妙的情愫，能有那么一件事，让生来性急的我如此心甘情愿地为之坚持。

又是一个阴雨蒙蒙的早晨。她独自淋着小雨，甩开头发，洒脱地在校园小道上悠然前行。我快步上前，举着伞，铁定了心要在她的身旁停下，为她遮挡那些阴凉的雨丝。

撩人的风硬得可怕，将我的头发吹乱，雨伞吹歪。结果，我还是在她身旁停下了。原因是一阵急风过境，我的伞沿钩住了她的毛线外套。

我合上雨伞，站在清幽的雨中，焦急地解着被伞沿钩住的毛线。那一个清早，我前所未有地忧伤。她看着那团因为用力过猛而扯起来的疙瘩，愤恨地说："你真是个野蛮小子！"

我想，自己真是野蛮的，要不，怎会直到现在都没有一个女孩喜欢过我呢？所有坏孩子的品质我都一无所失地全然占据了。抽烟、喝酒、打架、旷课，没有一样不是我的专利。

当夜，我做了一个离谱到让自己都感到不安的决定——好好学习，成为一名优秀的学生。于是，我的苦读生涯就这么悄然开始了。尽管进步的涟漪微弱到几近没有，可我仍旧坚持着。我知道，此时唯一能让她认识我的方法，便是突破年级前十，让所有老师赞不绝口，以此作为所有差生的表率。

几百个日夜之后，我的名字终于稳稳地坐在了那个风口浪尖，众人虎视眈眈的位置。老师诧异，同学惊羡。

后来，得知她的芳名时，我大吃一惊。那不就是成绩排行榜上稳坐第一的字眼吗？

又一夏末，高考的风暴已经缓缓平息。我和她双双被推选为优秀毕业生，在新一届的开学典礼上发表讲话。后台，经历过无数类似场面的我，不知为何竟是一片慌乱。原本牢记的台词，忽然在脑海中没了踪影。

她对着镜子理了理乌黑的马尾，微笑着问："嗨，你真厉害，高考成绩比我多了整整 10 分。奇怪，为何之前就没发现学校藏有这么一位理科高手呢？"

"你没见过我？"我险些把眼睛瞪得掉落在地。

"没有啊！难不成你见过我？呵呵。"

霎时，有暖风如利剑一般刺进我的胸口，硬生生地疼痛中，拉开一片时光割据的荒芜。几百个日夜的付出，仍旧无法在她心中挤出一块栖身之地。甚至，她压根就不曾记得我，即便自己曾在一个阴雨蒙蒙的早晨小心翼翼地跟在她的身后，并鲁莽地将其心爱的毛衣扯破。

那一场演讲，我前所未有地镇定，表现异常出色。因为终于明白，有些荒凉，年轻的我们总要去经历。

点评

年轻时我们总为了那么一个人做了一些傻事，但是傻事并不一定是坏事。就像文中的"野蛮小子"，为了能博得心仪女孩的注意，努力学习。结果虽然不是最想要的，但是却有了其他收获。

第三辑　多少爱在时光中来不及

亲爱的朋友，趁你的父母尚在，好好地疼惜他们，将那些你想说，又觉得羞涩的话，告诉他们。别让你的爱在最后，赶不上时光匆匆的脚步。

想做的和该做的

很久之前，家中大院有4棵葳蕤的油麦吊云杉。每逢盛夏，便引得无数飞鸟前来，蓄窝筑巢，从明媚清晨一直欢腾到落日余晖。

我爱极了它们。当时真恨不得也立刻生出一对翅膀，跟着它们呼扇而去。就连吃饭时间都不曾放过，端着缺口的青洋碗，怔怔地坐在园中小凳上，看着它们在树上跃来动去，尖叫，欢呼不已。

父亲说，我再这样下去，他只得令人将这4棵油麦吊云杉砍掉，免得因它们荒废了我的学业。于是，我闭门抚卷，心猿意马地投入到了屋内的学习中。

隆冬悄然来临。寂寥的夜里，一场大雪淹没了园中空地。此时，鸟声已远隔我多日。作为孩提时的我，显然已随季节的变迁，将它们全然忘却。

吃饭时，我兴奋得险些将碗打落在地。因为我知道，不用多久，我的小伙伴们将会来家中园子，和我展开一场激烈的雪地角逐。

果不其然。还未吃完饭，他们便在园子里大声唤我了。我拉开木门，顾不得加上外套便顶着洋洋洒洒的大雪出去了。雪仗吸引着我们每一个。我们在雪地里欢笑、跌倒、怒骂，忘乎所以。那一刻，雪地就是我们的所有欢乐，雪地就是我们自由的家。

正在兴头之上，父亲提着满满一桶石灰过来了。他说，我得自行把这4棵云杉漆遍，才能继续游玩。我极不情愿地问，为什么是我漆树？他严肃地道，这树是我要求留下来的，我有责任和义务保护好它们，要是长了蛀虫，那就必须砍掉。这样一来，明年就不可能再有飞鸟盘旋欢鸣。

我悻悻地点了点头。可他一转身之后，我又立刻投奔于庞大的欢欣之中。全然忘却了置于树脚的石灰桶。

当我猛然想起这件事儿，大雪早已停去多时。我知道，我得去提着木桶，将4棵云杉细致地刷上一遍，好让蛀虫就此远离它们。可到树脚一看，才知桶内的石灰俨然凝结成块,无法摇动。

要做完这件该做的事,我就只有两种选择:要么用开水将它溶化,要么重新调配石灰水。我提着桶子,向屋内缓缓走去。墙外的嬉戏声像蚂蚁一般在我的心间爬动,让我好奇,让我难受,想出去一探究竟。

我告诉自己,只看一眼,知道他们在做什么便立刻回来调配石灰水,将所有云杉认真地漆上一遍,静待明日盛夏来临。结果,我还未曾看到就被他们一浪高过一浪的欢呼声引领而去了,深夜才归。

父亲责打我,没有把该做的事做好。我含泪顶撞道,这么冷的冬雪天,蛀虫早被冻死了,根本用不着漆上石灰水!再者,夏天的时候,小鸟已经把它们给消灭了!

第二年盛夏,飞鸟还未曾越过小园,4 棵粗壮的油麦吊云杉就不得不因为蛀虫严重而砍伐当卖。那个流光遍地的季节,我忧伤了许久,仿佛,那 4 棵云杉就是所有小鸟的唯一归宿,而我的擅离职守,让它们终于无家可归,客死异乡。

也是在那个没有鸟鸣的季节里我恍然明白,人生之中,我们想做的事太多太多,而只有将我们该做的事做完,才能不留后患地去做我们想做的事。

点评

本文以并列词语做标题,突出文章主旨,也就是最后一句话:只有将我们该做的事做完,才能不留后患地去做我们想做的事。结尾点题。同时,文章将一个贪玩的孩子描写得非常到位,让读者从中也能找到自己的影子。

长成一棵树

很久之前，我写过一篇题为《母亲树》的作文。文中说道："于我呱呱坠地那一刻起，父亲便在园中辟开了一块椭圆的地，栽下了这棵不知名的小树。"

他郑重其事地告诉我多次，这棵树有名字，叫母亲树，我起初心存疑虑，后来渐渐坚信了，这凡尘之中，真有那么一种平凡的树木是以母亲这一职业来命名的。

小树与我一般年纪。当我可以脱离母亲怀抱，朝着它扔打撒气的时候，它已经郁郁葱葱地笼罩了半个园子。看着它粗壮的身躯，心中越发烦恼："小树啊小树，何时我才能长大，和你一般自由屹立于天地之间？"

这样的愿望，在我不经意，或是懵懂的时刻悄然实现了。时光将我的脸庞由温润的浑圆雕刻成刚毅的国方，牵引着我，迈着大步，在高楼林立的街道上肆无忌惮地哼唱着当下最流行的歌曲。

当我可以三跳两跃上树，将斑驳的枝干踩于脚下时，我知道，我长大了，像一棵树一般，或者比树更加刚强地屹立于风雨之中。

接到录取通知书的当夜，明亮皎洁的月光像薄纱一般覆到我的枕巾上来，看着在夏风中晃动的树影，想起母亲日渐蹒跚的腿脚，禁不住湿了脸庞。

离别的时刻像一场无声的电影。我抢过母亲手中的行李，死活不要她送，独自奔上了小路。站在山前弯曲的小路上，我告诉自己不能回头，不能回头，可还是在接近弯角的位置停住了。

我放下行李，平定了喘息后，缓慢地朝着炊烟袅袅的屋舍望去。模糊的视野中，母亲像一扇瘦弱的栅栏，嶙峋地立在氤氲的树荫下。远远地看着我，朝我挥手。

那一个夏花遍野的清晨，我一面在无尽的山路上狂奔，一面流着滚烫的泪水。

城市的生活是绚烂丰满的。每次回家，我都会和母亲说起外面的世界。那个在我眉飞色舞中生出的世界，有太多她不懂的繁华与热闹。

她像门前园中的小树，不管风雷霹雳、霓虹荆棘，不管我唾沫横飞、歌上九霄，都暗自沉默着。我以为，她是最好的聆听者，且与我一样，对城市的深处充满了无限幻想。

后来，我真的留在了城市，在向往已久的楼层内部居住下来，遥望四通八达的马路。母亲骄傲地跟村里人说，我出息了，长大了，飞出了这座鸿鹄不过的高山。村里无不惊羡，问："为何你不跟儿子一块儿去？"她笑笑，不语。

我决定把她带出村落的那个清晨，乡亲们都前来送行。在一片欢呼与吵嚷中，母亲扭捏地道："我不去。"那三个极为温切的字眼，像一把尖刀刺伤了我。我站在山风呼啸的路口，怒气冲冲地问她："走不走？"她坚定地摇摇手，像在那个夏花开遍的清晨目送我离别一般。

我的倔强，已像城市的马路一样，笔直看不到尽头。同样的山路上，同样的少年，却是换了不同的行装。看着依旧站在树下如栅栏一般倚立的母亲，身着朴质粗硬的帆布衣裳，忽然红了眼眶。

原来，即便我长成那棵茂盛的树，也无法换来母亲的安康。她迟早是要老去，可就算老去，也照样立于树旁，为树轻拍着在风尘中疲惫的肩膀。

点评

行文流畅，主题鲜明。作者选取生活中的点滴来凸显母爱的博大，达到了滴水见阳光的效果。在我们身边，表现母爱的文章浩如烟海，所以这类主题的文章极易陷入俗套。而本文之所以可读性极强，在于作者描写得真实可信，似乎每个人都能从这篇文章里找到自己生活的影子，并产生共鸣。

母亲的上衣袋

我是一路看着父母争吵过来的孩子。当我长到足以将他们俩奋力扯开之时,早已心生困倦。仿佛,这样喧哗的事件在我后来的生命中就是无关痛痒的饭后闲谈。

大多时候,他们是因为钱的问题。

父亲是典型的家庭主男。没有工作,整日与黄土烈日为伍,古铜的肤色,嘶哑的嗓音,像黄土高原上的一粒沙尘,握于手中尚可,掷于人海中便再也无法寻认。

家中所有支出历来都是母亲盘算,包括父亲每日必出的一包烟钱,也得从她那儿磨蹭很长时间。母亲是不愿给的,她让父亲抽慢些,这样一包烟就能维持三两天,无形中便省了小钱。父亲唯唯诺诺地答应着,可从未照搬套做。

我跟随父亲去过几次漫长的黄土地。无垠的天际下,只能窥到那些春绿或是秋黄的庄稼,不见其人。往往要等到腰酸背痛、汗流浃背,难再忍受时他才会缓缓起身,一手擦着额头上豆大的汗,一手握着刚拔起来的杂草四处遥探。

茫茫春野之中,我第一次觉察到父亲的渺小与平凡。也开始明白,为何他要抽那么多烟——在这样无声的景致下,他只能用袅袅的清烟来平和心中的愁苦。

之后,我多次与母亲交谈,想让她对父亲的开支放得宽松些。他一人在外,只有那些无名的烟草能为他送去一些慰藉。

至今我还清晰记得,第一次飞奔出门帮父亲买回烟,他双手承接时的微笑。渐渐地,母亲被感染了,时常在父亲劳作之时,独坐家中,一面唠叨着数钱,算计家用,一面抽出几张零钱放于上衣口袋中。

那个贴近左胸膛的位置,是给父亲预留烟钱用的。我与父亲一般,只要见到母亲右手微抬,朝那个衣袋中摸索而去,心中便万分欢喜。

朝着小卖部去的那一条小路,是我每日必经之路。我多宁愿,可以一辈子都这么走下去，那么，双亲就不会垂垂老矣。即便多年后我才回来，他们也仍旧健康地安坐于园中木凳上，一脸祥和地等待着。

这个小小的愿望，在我15岁那年悄然破灭了。我捧着从父亲身上掏出的烟盒，站在园中，痴痴地看一夜星光璀璨。很久之前，我问过父亲，人死了会去哪儿？他搂抱着我，用黑硬的胡须扎我的脸蛋，大笑着说，人死了就会变成天上的星星。

我信了，如若不然，天上怎会有那么多星星对着人世闪耀？他们想必也在挂念着那些仍在红尘中辗转的亲人吧？可此时的我迷惑了：父亲啊，于苍穹中一幻一灭的群星，到底哪一颗是你？

很多个日夜之后，母亲从悲痛中醒来，担负起养家的责任。她常常在劳作时独自一人站于茫茫天际下四处环望。我想，她是在寻找父亲的影子。

归来后，她气喘吁吁地坐在木凳上，从上衣口袋中摸索出几张零钱，刚要递给我，热泪便顷刻淌满了她汗湿的脸。

那个靠近她左胸膛的衣袋，原来，一直都保留着父亲的位置。

点评

文章开头就写到父母经常争吵，让读者有了初步的认识，可随着文章的展开，我们跟作者一同了解，母亲有多在意父亲，直到结尾道出，母亲的左衣袋一直留有父亲的位置，解释了题目，母亲的上衣袋的作用。同时，一语双关，在母亲心里，一直念着父亲。

保全母亲的自尊

我曾教过这么一个无比倔强的男孩。

直到多年后的今日，我都清晰地记得他常穿的那件浅蓝色粗制外套，棕绿毛线编织的具有缝隙的宽大裤子。这些朴质的颜色，就和他的性格一样纯粹、倔强，与周旁格格不入。

在我印象中，他是极度孤僻的，终日独来独往。我曾试图去了解他，可总以失败告终。周围同学所能了解到的，大抵和我所知晓的相差无几。在所有人的眼睛里，他都是一个谜团。

他是学校明文规定的特困生。远在我没有被调来之前，他就是个拖欠学费的问题学生了。接过他们班的花名册时，年迈将退的班主任指着他的名字对我说："这个孩子你得多注意。"

我以为，他是班上最调皮捣蛋的孩子，于是，上任的第一天我便把他从那个暗黑的角落调离出来，放到了第一排，置于我的眼皮底下，便于看管。

第一学年的学费我给他垫了将近一半。实在没有办法，光催促他记得带学费，都花了一个月时间，好说歹说，就是不见成效。每次问及他，是否家中有什么困难，需要我上报时，他总是低头不语。更或者，从始至终，他就没和我说过一句话。

我很是不解。类似于他这样的特困生，学校已经给了很大的帮助。不论是学费还是资料费，几乎都减免了一半以上。对于一个普通家庭来说，应该是不成问题了。可我每次说，每次欠交学费的名单上都有他的名字。

说实话，我开始有点讨厌他。就算家里很是困难，也不至于要生活拮据的老师来为此分担所有吧？他又不是我的孩子！

最让人难以忍受的是，对于我这些默默无闻的付出，他从未报以感激，甚至，没有说过一声谢谢。

五年级下半学期,从另外一个小城转来了一个男孩,清瘦黝黑。我把他安排到了教室最后的空位上。而此时,那个倔强的男孩早已被我调回了原位。他的懒惰,他的倔强,让我有些烦心。这个顶好的位置,只能让给那些真正热爱学习,渴望知识的善良孩子来坐。

我没想到,他们俩竟会一见如故。

课堂上,我时常能看到他们俩嬉笑打骂,露出一排整齐、微黄的牙齿。

不久之后,学校举行了中期考试,他们俩名列倒数,成了真正的问题学生。我觉得,是该有必要找他们的家长来好好谈谈了。

冬日周末,清晨。当我到达教室的时候,两个孩子已然静坐在内了。旁边,各有一位中年女人,像是他们的母亲。

瘦男孩的母亲一脸温和,主动朝我笑笑。倔男孩的母亲满是茫然,欲笑,表情却是那般僵硬,不知所措。

我清了清嗓,开始一一数落他们俩在班上的劣迹。

窗外的风,怒吼着,从破碎的玻璃中呼啸灌来,夹杂着几片洁净的雪花。瘦男孩的母亲拉了拉自己的衣领,又整了整自己孩子的棉袄拉链。倔男孩的母亲只能伸手抱住她的孩子。她只穿了一件稍厚的粗线毛衣。倔男孩与她差不多,均露出嶙峋的锁骨。

我继续讲话。两位母亲的面色愈加凝重,孩子们互望了一眼。

忽然,瘦男孩站起身来,脱下棉袄,给倔男孩递了过去。倔男孩从母亲的怀里腾坐起来,双手挡住了他的来势。

我被突如其来的事件给弄蒙了,怔怔地站在台上。

瘦男孩再次把棉袄塞给倔男孩,说道:“你穿吧,我不冷,我里面这件可比你的厚多了!”说完,神气地抖了抖双肩。

倔男孩看都不看,低头道:“不要!”一直不语的瘦男孩的母亲猛然起身,抱住了他的孩子,并将棉袄套在了他的身上。厉声责道:“这么冷的天!会冻病的!”

瘦男孩不顾寒风,再次把棉袄脱下,塞给了倔男孩。倔男孩的母亲终于忍不住。大抵是她真觉得冷了,竟双手捧接了那棉袄,往自己孩子身上套。

倔男孩不停地扭动着身子，一边往墙边靠，一边大声哭道："妈妈，我不冷，妈妈，我真不冷，你织给我的毛衣是最暖和的，你织给我的毛衣是最暖和的……"

倔男孩的母亲捋了捋蓬乱的黄发，不语，转头把厚实的棉袄还给了瘦男孩。凉风又起，我依稀看到了倔男孩母亲眼中的热泪。

接下来，我开始不停地说这两个孩子的优点。因为，他们一个让我看到了调皮男孩背后的善良，一个以最倔强的姿态，诠释了他对母爱的依恋，并为他的母亲保全了穷人的自尊。

点评

文章在开头交代了故事的主人公是"我"教过的最倔强也最纯粹的孩子，文章一直在体现他的倔强，却在最后道出了他的纯粹。他的倔强全是因为他对母爱纯粹的依恋和保护，让读者万分感动。

没有一朵花会错过春天

她在上交的作文里这样写道:“从来没有人注意过我。我的生,我的死,都与这个薄凉的世界无关。”

没有人明白,在这颗幼小的心灵中,为何会溢满那么多不可名状的哀伤和绝望。当然,她的老师也一样。

那是一位年过半百的老头,言语不多,虽教学经验极为丰富,但这一刻,却不懂得如何与这位龄差将近40年的女孩儿交流,去告诉她该如何面对生活中的悲苦。

他在陈旧的教案本背面上打了很多遍草稿,把明日要说的话,一一罗列出来,整理,像研究一部旷世巨著。尽管如此,还是觉得语言苍白到无力,软弱得像阴天里的清冷雨丝。

春天的阳光依旧透过窗台,照耀在每个孩子纯真的小脸上。所有人之中,她离窗台最近,可还是心如冰冻。她没有朋友,没有疼她爱她的母亲,就连唯一对她稍好的可依靠的外婆,都在前些日子里挣扎着病故了。

她的生活一片狼藉。有同学说,她暂住了孤儿院,所有的费用都由政府承担。她得继续生活下去,得为远去的母亲和外婆坚强活着。可有什么理由,让她继续下去呢?那一点本可寄托的温暖,都这么无情地别她而去了,她还有什么理由相信温暖?

他站在宽阔的讲台上,以最平和的语调讲完了课,宣布下午外出游玩。所有的孩子都欢呼不已,只有她,静静地眯眼歪靠在窗台上,对着路旁的野花发呆。

所有的孩子都有自己的朋友,一起游戏,分享自己的快乐。她坐在绿草之中,看着天际不断变换的流云,怒放的花朵,簌簌地落起泪来。要知道,几十个小时之前,她还是一团恣意享受天空的云朵。

他穿过操场,气喘吁吁地来到她的身前。她侧脸抹泪后,镇定地叫道:“老师好!"

"怎么不和同学一起玩呢?"他一边喘气,一边问着。

"老师,我和他们不一样,他们有值得快乐和幸福的全部理由,而我没有。"

他捋了捋花白的发,拉着她的手,走进花园深处。顿时,一阵沁人心脾的芳香从远处缓缓涌来,包围了她前行的路。他问:"这些花,你认识多少?"

"大都认识。譬如,那是迎春,那是瑞香,那是玉兰,那是……"她对这些花名如数家珍。她的外婆生前爱花,因此,自小受了熏陶。

他微微笑着,看她在盘点花名的时刻中慢慢活泼起来,显然,她在环视花朵的同时,也渐然沉浸于百花争艳的美景中。

当她气喘吁吁地将园中的鲜花点过大半时,他问了她一句:"你能把此时没开的花点出几种来吗?"

她顿时被难住了。园中之花,大大小小,不下百种,却没有一种隐藏着身形,躲避阳光。他说:"想想吧,明天告诉我,为什么它们都会竞相开放?"

当夜,她想了许久,从外婆遗留下的书中找到了答案。次日,她从季节、温度等等客观存在的因素,向他解说了为何花朵都会竞相开放原因。

那个问题之后,她回到教室,如换了一人似的。她主动和同学搭话,帮助他们解决难题,组织班里的课外活动,维持课堂秩序等等。

很多年后,她站上明媚的讲台,成了一名优秀的人民教师,她也带她的学生去看花,点花名。也曾问过一个忧郁的孩子,为什么花朵都会在春天竞相开放?

次日,当那个孩子急急忙忙跑来要告诉她答案之时,她将当年老师给她的那张纸片递给了那个孩子。

泛黄的纸片上,坚定地写着:"没有一朵花会错过春天。"

点评

本文以女学生的思想变化为线索,自从她找到老师提的问题的答案后,与之前的表现完全不同。因为她知道,没有一朵花会错过春天。

八个值得幸福的理由

当你尚能安然无损地捧着这段文字细细品读时，你便已经有了第一个值得幸福的理由。时光的长河里，每日都得淘尽多少人的青春和生命，而你，还完整地存活在这个绝美的尘世中，可以听风观雨，荡舟采莲。只要活着，一切都不会是尽头。

当你庆幸自己活着的时候，必然会追忆那些在你往事中做过短暂停留的事物。他们或许曾让你伤感，让你落泪，让你欢笑，让你惊叹，可这一切都已成为过去。如此多的过去，都毫不遗漏地保存在你的大脑里，让你可以在任何一个孤寂的时段自疗自暖，让你可以无悔地感慨自己平淡的一生。这难道不是一个值得幸福的理由吗？

当你因为一家人的柴米油盐，不得不早起奔波忙碌时，我想，你有了第三个值得幸福的理由。那么多的人，那么浩大的城市队伍，有多少人风餐露宿，挤着人流来去却心无牵挂，不知为何。他们外表看似洒脱，其实内心溢满了无可寄托的艰辛。你虽流着汗水，却有汗水值得流的方向；你虽淌着热泪，却有被感动的地方。

当你因上段文字开始怀念在家中垂垂老去，生活几近无法自理的双亲，抑或是在学校琅琅晨读的孩子时，请你为自己鼓掌。因为，你有了第四个值得幸福的理由。上千名成功人士，他们的家庭大都是不如人意的，不是父母分离便是命途多舛，而你，有可以孝敬的双亲，有可以疼爱的孩子，一切的人世欢愉都囊括在那座小小屋檐下，还不值得幸福吗？

当你抱怨这个时代的混乱、世态炎凉时，请你打开电脑细细查阅，20 世纪初，与你只相差几十年的历史。活于那个时代的人，有多少尚存于人世间？侥幸逃脱两战的生者，在他们的内心深处，又潜伏着多少道不可愈合的伤疤？那些不知名的英雄，用淋淋鲜血为你铺筑了这个可歌可泣的时代。和几十年前的兵荒马乱狼烟滚滚相比,你有什么理由不幸福?

当你看着荧屏上偶然出现的面黄肌瘦的非洲难民潸潸落泪时,禁不住握紧了亲人的双手。或许,在某一个悄无声息的时刻,你已把口袋里原本用来买一包烟,或是取一支口红的几十块人民币捐给了慈善基金,希望他们能给远在异方的孤苦孩子们送去一个温热的面包,一壶甘洌的泉水。庆幸,你有一颗善良的心,即便它曾被某些冷漠的灵魂骂作天真,可你不也明白,这正是他们求也求不来的幸福吗?

当你抱怨父母没有给予天赋异禀时,请你去聋哑学校看看。那些注定要在无声世界中摸索一世的孩子,仍旧不厌其烦地,欣喜若狂地一遍遍练习着发声和手势。更或者,看看那些在黑暗中度过了半生的中年男女,他们对光明的渴望,对生命的虔诚,超乎你的想象。你有健全的身体作为保障,可自行走过一条条幽深的小巷,去经历一个个完整的故事,再告诉那些在苦难中摸索的人儿,让他们永不言弃,难道还有比其更具价值更让人幸福的理由吗?

当你看完上述文字,心存温暖地想要过好剩下的每一天,并决定把这些幸福的理由告诉周旁的每位亲朋时,我想,你有了第八个值得幸福的理由——快乐的无私分享。悲凄之情的传递,只会让更多人徒增伤怀。而快乐的接力,却能让一份原本单调的愉悦无限制地膨胀下去,感染到那些先前找不到任何理由去幸福的忧郁之人。

点评

作者用列举的方法,将题目的八个幸福的理由一一阐述。

怀着一颗感恩的心、善良的心、乐观的心过每一天,感谢老天,让我们降生到这个世界上,让我们真真切切地感受幸福。

如花之心

因家居郊外,每日上班都得经过一段田野小路。小路不长,直直伸向通往城市那条宽敞的柏油路,与之相连。

和很多年前在书中读到的景色一般,清早,我是在“鸟声中惊醒”之人。春夏之际,走在郊外的小路上,心情总会被两旁不知名的小花感染得格外愉悦。秋冬时节,金黄的麦穗与凛冽的寒风,更能让我明白收获的道理,并对来年心存希冀。

不知何日,这条路上多了一个蓬头垢面的孩子。每次骑车从他身边急急驰过时,总忍不住多回望上几眼。在我的印象中,他总是以同一个姿态出现的。背对小路,弯腰屈膝地匍趴在花丛中。第一次见他之时,我心生抖颤,唯恐这孩子出了什么事。可仔细一看,他抱着无数娇艳的小花,正尽情顺路摸索着。

终于,有那么一个清晨,我在他的身旁停住了。那么些天,这个孩子在我心中越发成了一个谜团。为何他那么早就要起床,采摘路旁的小花?难道他被什么团伙给绑架,成了一个在类似旧社会里的卖花郎?

我慢慢向他靠近,试图用最温和的语调和他进行谈话:“孩子,你在这里做什么呢?”

“哦,叔叔,我在找花。”原本,我是该笑的。因为这孩子尚为年幼,不懂他所做之事不叫找花,该叫采花。可当目及他紧闭的双眼时,我才知道,这是一个不幸的孩子。此时的一切,他根本窥探不到半点,所有娇艳的花都与他的眼睛无关。既然不曾看到,无法一一辨别,又怎能说采呢?

“孩子,找花你大可午后再来啊,为何那么早呢?”

“叔叔,你不知道,清晨的花朵是最鲜美的,你摸摸,它们还留着昨夜熟睡时的口水呢!”

跟随他挪动了一段路后,我鼓足勇气问:“你怎么知道你找到的就是花,而不是草呢?”

“哈哈，这可需要时间了。你闭上眼睛摸摸，快，摸摸，花是有花瓣的，是柔软的，而草呢，是稍微有些坚硬的，没有太多形状。你看，我现在摸到的这朵就是花了，要轻轻地让双手离开花瓣，要不，你会把它给捏碎的，然后顺着它的根部向下，等碰到泥土时，你就可以把它掐断了。这样，它既和绿叶连在一起，又能保持很长时间。”

看他沾满泥污的小手里捏着一朵刚找到的蒲公英，我心里忽然有些难受。如此热爱美丽的孩子，偏偏失去了最为宝贵的眼睛，与世间一切自然之事隔绝。可再想想，他内心的光明与渴望，岂是我们所能比拟？他所触摸之物，都能在胸中显现成形，独具一貌，这不正如他所苦寻的花朵一般吗？只要柔软，富有形状，皆是无比鲜美之物。

与他一起闭上眼睛，在路旁匍趴了许久之后，我又开始了一天的旅程。在通往城市的马路上，我依仗自己的眼睛，一路飞驰无阻。

想起那些生于这个时代的正常的孩子，他们有电脑、电视、电子游戏等等数不清楚的能散发光亮的产品来丰富着他们的眼睛、大脑。可真正在他们心中，能独具一貌的美丽的事物，究竟是些什么？

我想，明日我该让我的孩子起得再早一些，好让他与这个心中纳满世界的盲童认识。这样他才知道，尘世间，何谓美丽之物，何谓文中常道的“如花般纯洁的心灵”。

点评

虽然双目失明，但是他们却有比眼睛更明亮更纯洁的心。他们渴望知道更多的事情，即使看不见，也要用手摸，用耳朵听，用所有的感官感受。盲童都能如此，何况我们？

他们也曾这样想过

高二上半学期，文理分科，我们原来分配好的语文老师被另一位新来的毕业生所代替。据说，她不但相貌出众，还写得一手好文。

我在鱼龙混杂的文科班。这位姓冉名冰洁的大学生，还未到班上便已被传得神乎其神。第一堂语文课前，所有人都提前静坐，等着一窥其貌。

铃声已过了5分钟，这位使得满城风雨的“神人”还未曾出现。后排的“捣蛋帮”开始窸窣地议论，她是不是得知谣传，自觉形秽，不敢前来了？

这样的臆测一出，马上得到了所有男生的共鸣。他们开始哄乱，开始询问这传言的发起者是谁，欺骗他们的感情，下课得要此人好看。

正当一片哗然之时，一位素装长发的女孩径直走了进来。

我永远都记得，那个清晨的景状。微微的光亮穿透窗帘，洒在她洁白皱褶的T恤衫上，映衬着芙蓉一般的面颊。乌黑的发，被闭门时的清风悠然扬起。她焦急地迈着大步，穿过狭窄的走道，在一片坏男孩的口哨声中完成了初步的自我介绍。

我没有鼓掌，也没有吹口哨。暗暗被一种莫名的力量给吸引住了。

我开始读词研史，争取课堂发问上，第一个举手站起来陈述答案。为的，只是获得她倍加赞许的眼神。如果，有那么一次，她将我的作文作为范文在课堂上朗诵的话，我会恍然觉得春风拂面，丝雨缭绕。心里有一朵卑微的小花即将落落打开。

我尊称她为“冉老师”。但我心里偶尔所想的，并没有将她置于老师这个神圣的位置上。譬如，在没有人的时刻里，我经常会不知不觉地在草纸上写满了她的名字，即便之前心中盛满了忧伤，可只要想起她，静静地对着那扇紧闭的门，心潮就会渐然得以平息。

由于我在文学上花的时间过多，导致其他学科成绩下降，严重偏科。班主任说，我得全面发展，不能顾此失彼。可我心里清楚，我顾不了那么多。我的心里就没有彼。

后来，她主动找我谈话了。站在暖光漫漫的走廊上，我们面朝夏花，讨论着关于人生大计的学业之事。我唯唯诺诺地点着头，心却像楼下的乱红一般，无由无故地落了一地。我多想，要是此刻我们谈论的不是学业，而是其他更为有趣的问题，哪怕，什么都不谈，什么都不语，对着此情此景，那该多好！

那夜，我生平第一次失眠了。我恍然觉得，内心已犯下了不可饶恕的罪孽——我将老师这一个神圣的影子，在内心给玷污了。

其实，那个暖气逼人的午后我并没有多想，只是单纯渴望能与她默默地并肩牵手，走至那条夏花盛开的小路尽头。不过，这已经不是一个学生该去幻想的事了。我知道，我的思想已经脱离了正常的轨道。

我爱上了我的老师。当我慌乱了几日后，终于得出了这么一个荒谬的结论。

后来，有人谣传，她有男朋友了，并且，将于我们毕业之后结婚。我附和着众人笑谈，心里却是一片模糊。

忧伤像一张密密的网，盖满了我的思绪。我开始努力不去写她的名字，不再去为她静坐，发呆一个又一个午后。我知道，我与她的距离太过遥远，即便我以光速追赶，也抵达不了她的心房。可我不愿就此放弃。

少年的心，坚韧而又易伤。我终于鼓足勇气，在课后的走廊上拦住了她，一脸笑容地问："冉老师，听说你要结婚了，是吗？"

她羞涩地点点头，旋即惊异地问道："你怎么知道的？"

我说，是别人告诉我的，接着，以最快的速度混入了忙乱的人群。

那天，一向循规蹈矩的我第一次逃课了。坐在野草丛生的山林中，我独自面对着流云暮色，无措地流起泪来。

之后，她来找过我，严肃地问我为何不去上课。我说，仅此一次，下不为例。她苦涩地笑笑，说知道错了就好。其实，我的意思是告诉她，以后再不会为她而妄自伤神。

内心空洞的我，急需一些事情来加以弥补。毫无疑问，学习，看书，成了我的全部。我不敢让自己稍做停顿。因为只要有那么一秒间隙，颅内就会疯长出她的名字。

那一年多的时间，我几乎都忘了是怎么过来的。直到她欣然将大学录取通知书递到我的手里时，我才从那场困梦中苏醒过来。

所有同学都去参加了她的婚礼，唯独我没有。我说，家里来了亲戚道贺，实在脱不开身。

再后来，我去了北方念书，遇见了新的让我伤神的女子。不过，那段关于恋师的情节，我一直无法抛却，也无法从那片愧疚之洋中游弋出来。

十年。同学聚会，俨然已各有家室。当我凭借酒劲，平缓地向当年一起同坐后排的几位坏男孩道出心声时，他们瞬间大笑。

“冉老师啊？我当时还悄悄给她写过情书呢！不过她没回信，哈哈……”

端着青花素白的酒杯，我忽然得以释怀。对于美丽之物，那个年纪的我们，谁不曾如厮幻想过？这么些年的怀想与愧疚，彷徨和思索，原来都只是对青春私事的一种无辜惩罚。

点评

整篇文章似乎都透着淡淡的忧伤，将一个少年的心理刻画得细致入微。谁无年少时，谁无愧疚事，回首那段青涩的日子，已无冲动，留下淡然，更多的是感谢那段日子带给我们的一切。

我的父亲在流汗

在我童年的记忆里,有那么一位不同寻常的男孩儿。他很少与我们玩乐,只顾着安静思考问题。老师曾悄悄告诉我们,他患有严重的自闭症。当然,我不清楚自闭症是种什么疾病,只是恍惚明白,那是一种不爱说话的毛病。

不过,他的成绩一直很是优异,这点,不得不让我们心生叹服。每次考试过后,母亲总是会拿着惨白的成绩单,碎碎地指着他的名字唠叨:“这是谁家的孩子？真是懂事,老是考第一!”每每听到此话,我都忍不住暗自愤慨,到底谁才是她的孩子?

由此,我与他结下了莫名的仇怨。我以为,这是光我一人的想法,后来在一次坏学生联盟中,我才发现,原来在这个小小的校园内,他竟无缘无故地结下了那么多仇家。

我们盘算着,要好好报复他一下。当然,我们是很有计划性的。譬如,在行动之前,派人好好地打探了一下他的家庭背景。万一,他的父亲或是母亲就在学校教书的话,我们便不敢轻举妄动了。排除这个可能的话,计划就可顺利进行。

调查结果显示,不详。没有人知道他的父母是做什么的,位于何处,这给了我们一个很大的潜在的威胁。没有人愿意做带头羊。

这个原本轰轰烈烈的报复计划,就这般悄无声息地无疾而终了。很多天后,老师布置了一项任务——上交最让你感动的一句话。

很多人从书上抄了。我清楚地记得,自己用精美的作业本,从《全国优秀作文选》上工工整整地抄了一大段。

他没有抄,看得出来。他交的是张纸条。几乎每个同学都因他纸条上的内容疯狂发笑。他说:“我的父亲在流汗。”

我站在讲台上,晃悠着他的纸条说:“我们大家都来改一个吧,你改个我的父亲在小便!我改个我的父亲在要饭!哈哈,押韵又工整。”最后,意想不到的事儿发生了，一向性格温和、寡言少语的他，第一次发了火。

教室里，鸦雀无声。他走过走道，将已被众人扯碎的纸片拾起来，一言不发。我永远记得那个忧伤的神情，像一朵在春天凋零的山花。

那段不知所云的话，竟然得了最高分！几乎所有人都愤怒了，为老师的不公而呐喊。他没有做任何解释，老师亦没有。

很多个日夜后，我从一所三流大学毕业，因迟迟找不到工作，不得不跟随舅舅到工地干苦力。汗流浃背的生活让我对童年的悠闲无比想往，我时常追忆年幼的时光。

烈日下，搬着砖块，舅舅含泪说，小弟老是不吃早餐，给他的零花钱也舍不得用，舅妈每次洗衣服，都能从他的口袋里搜出叠放齐整的钱来。我问："干吗不吃，这可不是一个好习惯啊！舅舅你得督促他，他现在正是长身体的时候呢！"

岂料，他却哽咽了，说小弟说了，他挣钱不容易，花着心疼。顿时，在一旁搅拌砂浆的我，想起了多年前的那个仇家。那句，"我的父亲在流汗"。

想想，当时调查不详的他的父亲，大概与我同一职业吧？也只有这类职业，才能刻苦铭心地让小弟、让他早早懂得生活的艰辛。懂得在虚度时光之时，刻刻怀想那位正在天地间为你无怨无悔、默默流汗的老父亲。

点评

本文没有提过多的关于他的父亲的事，只有那么一句：我的父亲在流汗。设了悬念，让大家猜测他父亲到底是做什么的。多年后，"我"的亲身经历给了答案，而生活的艰辛，让小小的他早就懂得了父亲的不易。

是否有泪在心口

路过那条荒凉的小道，我总能看到一只毛色黯淡的流浪狗在泥泞的墙角下觅食。它的眼睛里充满了对生的渴望，以及对另一种生命的惊慌。一个人、一条陌生的狗，甚至一只鸡，都能让它掉头落荒而逃。

它丧失了狗的本色。它的前腿或者后腿像干枯的树梗，在风中摇摇晃晃。它每跑一步都会习惯性地回头看看，眼神中充满了无奈和苍凉。

每每见到这样的狗，我总会忍不住联想。曾几何时，它也和那些雍容华贵的爱犬们一样，有着雪白光洁的毛发，洪亮的吠声，矫健的身姿。而今，却是这般模样。它遭遇了什么突变？为何会被自己的主人无情抛弃，并毒打致残？

我弯下腰，想要将手中的零食扔给它一些，它却慌忙逃窜了。我只能走开，远远地看着它，从不知名的角落里滚爬出来，四处探望，小心翼翼地上前嗅试，兴许还未来得及分辨出是否可食，便狼吞虎咽地到了嘴里。

我再扔，它再跟，如此往复，不再惧怕了。于是，我的身后，时常有那么一条凄惨而又莫名的小狗跟随着。我不能将它带回家，只能像他的主人一样，又狠心地，重重地将房门关闭，与它隔绝。

这个时刻，我的心口一定是有热泪翻腾的。因为，我总会躲在窗帘后，悄悄地审视着它的表情。它在门口等了许久，甚至躺在那儿安然小憩。可迟迟不见我开门，只好悻悻离去了。离去的时候，它几乎是一步三回头。

它的生命或许一直处于悲凉，偶然有人给予了温暖，便让它有了生的渴望。我是不是不该给它那样短暂而又残忍的温暖？

寒冷的街头，时常有这样的孩童不畏严寒，衣衫褴褛在人群中表演杂技。他们的小脸已经发皴，手脚通红，眼泪在视线里打转。我知道，他们的背后一定是一个黑幕，或者集团。我的施予，并不能真切地改善他们的生活和处境，只能是更好地助长了这种悲剧的歪风邪气。即便如此，我还是站定了，细细地摸索口袋，将那些零钱，毫无保留地投到那个凹瘪的盘子里。

当他们抬起清澈的眼睛跟我说“谢谢阿姨”的时候，我的心口，再次溢满了热泪。我不明白，这个社会的洪流深处，还有多少孩子和他们一样，永远不能享受到童年的纯朴和母爱？这些可怜的孩子随时光渐长，成年之后，在他们的心灵深处，会驻扎着何等深厚的、不可化解的悲绝和悔憾？

报纸上整天报道，呼吁不要让这样那样的手段给欺骗了。我们知道，可我们做不到。因为，我们害怕那些看不见的黑手会因为今日“收成”无多，而对这些孩子大打出手。我宁可受骗，用自己的一点点损失，来抵挡住他们的苦楚。

亲爱的朋友，类似这样的事件，我们每天都在经历。当你看到这些真实的或人或物的悲剧在眼前上演，你的心口是溢满了热泪，还是被一种城市的冷漠所封闭？

点评

本文以一只流浪狗作为切入口，展现了很多类似的事件，这样的事也一定发生在我们身边。我们的生活变得优质，可心呢？是否还保有一颗悲悯的心？文章最后发问，是否被城市的冷漠封闭？发人深思。

做一名会鼓掌的观众

有人曾问过我，作为一名教师，我最骄傲的地方是什么？我说，那是我让自己的每一个学生都学会了鼓掌。

当你走过一条条宽阔的马路、幽深的小巷时，不知你有没有发现，马路两旁的不易被人察觉的角落里，可能有那么一位衣衫褴褛的盲人席地而坐，尽情地拉着断断续续的小曲，面前放着一只布满凹印的盘子。盘子里，是一些光洁细碎的硬币，在阳光下闪闪发亮，偶尔，上面兴许会有几张面值稍大的钱币，但似乎这样的情况并不多见。

每当走过这个角落，我都会悄悄站住，我能感觉到，我的悄悄，仍是被这样的人给发现了。他的曲子开始变得有些紧凑，手指略微有点紧张。他总是想把最好的一面展示给神色匆匆的观众。

临走时，我会给他一些疏落的掌声。在滚滚车流的喧嚣里，或许他不曾听见，但我知道，他一定能感觉到，有那么一丝丝光明在黑暗的视野里，慢慢地开阔起来，像他一本正经的脸庞上，忽然闪出的越发灿烂的笑容。

街角的花园深处，几位稚气的小孩儿穿着颜色不一的溜冰鞋在空地上飞驰，偶尔，他们会做几个让人屏息惊心的动作。我总害怕，这些娇弱的生命会在某一刻留下懊恼的伤疤。但后来想想，这不正是成长所要经历的吗？正如我们年幼之时，最喜欢做的事儿，正是那些父母无法应允的事儿。

于是，我开始了另一种习惯，那便是当他们在空中旋转完毕，安稳地落在地板上时，迅速抬起我的双手合击。每每这时，他们就会呼呼地朝远处奔来，一面冲着我大声嬉笑，一面陆续对我说："叔叔，谢谢。"

因为我的掌声，他们变得无所畏惧，变得勇敢，变得坦然。孩子时候的怯懦是可怕的，我总希望，我所见到的每一个孩子都不要像我当年那般，不曾越过高高的城墙，不曾看过课本之外的连环画，更不曾犯过一些值得欢呼落泪的错事。

在当时，兴许这是好的。但多年之后，我恍然发现自己的童年是一片空白时，心中便有了无数的悔意。

孩子总是要调皮的，总是要去摔一些跤，犯一些错的。既然那样，为何我们不对这些灿烂的、勇敢的小生命送上一片掌声？

你或许曾见过瘫痪的老人在儿女的搀扶下，艰难地行进；你或许曾听过一位经验不足的歌手在台上唱破了音；你或许也曾鼓足勇气站在人生的舞台上，气血翻涌，想要义无反顾地走上自己的人生路，可最终，却因没有赞许的掌声，慢慢变得怯懦，不得不回归原途。

昼夜往复，流水匆匆。也许，不经意就路过了别人的生命，就成了他生命里那位匆匆至不及一瞥的过客。倘若，真是那样，请你为他的小小成就鼓掌，让他知道，在苍茫的尘世中，也有人关注着他，默默地审视着他前行的脚步。

点评

文章传递着满满的正能量，学会欣赏，学会鼓励，也许你的掌声对你来说微不足道，却有可能成就将来的表演家、艺术家等等，赠人玫瑰，手有余香，请做一名会鼓掌的观众。

山的那头

距我落笔之时，我的父亲已远离尘世整整9年。9年韶华，山中的葱茏与枯败都已更替多次，唯独不见父亲的音容。

年少之时，父亲总喜欢对我说，一定要好好努力，山的那头，有我不曾见过的美丽的世界。带着梦的悠然与幻美，我信了父亲的话，信了山的那头的世界是如诗如画。我开始拼命苦读，要从山的这头，奔往山的那头。

很多年后，我终于从山中走了出来，看到了山外的世界。没有婉转的鸟鸣与树林的层翠，亦没有父亲悲苦的面容。我多么渴望，我的父亲也能从山里走出来，与我看看外面的世界。毕竟，那一个狭窄的山谷，困了他整整一世。

从始至终，他都没有从山的这头走出来，即便，我在山的那头久候多年。他说，山的这头有他放不下的人与事。祖祖辈辈的血脉，都如挥洒在午后天地间的汗水一般，毫无保留地分解在了那个与世隔绝的山谷里。他的心中装有日月，装有我和母亲，装有村中的老幼，以及年年不变的四季。可是，我找了许久，也没能在父亲的记忆里找寻到城市的影子。

那么，他为什么要让我丢弃山中的一切，走向山的那头呢？

我开始明白，他的一生已将这么淡然过去，如徐徐的风，柔软的云，不可再回。而他却不希望自己的孩子如他一般，无所作为地困于这莽莽山群之中。他渴望我能出去，看一看时代的变迁，望一望那些岁月真实残留的脚步，更或者，是依靠自己汲取而来的知识，为更多的人去创造幸福。

于是，就这样，我开始不断地告诉我的学生们，海洋的那头，有你们想象不出来的繁盛，你们该去看看，去实现你们年轻的抱负，为祖国赢来荣耀，为人民带来佳音。这样的希冀，像一双翅膀插入他们的心头，让他们跃跃欲飞。我在想，倘若真有那么一天，他们之间的某些人，漂洋过海，看到了不同的世界，会不会也像我当初走出大山一般，欣喜与感动之中又充满了绵绵无奈？

如今，我再回山中，山林又绿，一如既往。可为何，我再也找寻不到父亲的影子？他或许，是去了田间，为那几亩薄田挥洒汗水？亲爱的朋友，我已去过田间，他不在。他或许去了茂密的山林之中，为了那几头牲畜寻找食物？亲爱的朋友，我也去过了山林，他不在。他或许，去了山的那头？

我想，是的，他在山的那头。即便，我此刻回来了，可终究还是要出去，到达山的那头。于是，他就在山的那头，默默地等待着我，保佑着我。

点评

这是一个父亲对孩子的殷殷期望，也是一个孩子对父亲的愿望的完成。也许，这其中夹杂着无奈，但是，他还是回应了父亲，因为父亲一直保佑着他。本文语言流畅、自然、优美，富有诗意，给人舒适之感。

天黑的时候

夜幕缓缓地从星辰的眸子里散开。所有在阳光里丧失了寻找机会的星星，终于气喘吁吁地探出眼睛，慢慢搜寻，这温暖的尘世中，还有一些什么值得他们次夜再临。

清辉里，一位男孩儿紧紧抓住了母亲的大手，他的思绪像大风一样在野外的路上狂奔。恐惧像山野里的荒草，卷裹着他，让他看不清前行的方向。他需要母亲的手，温暖、宽厚，使他在寒冷而又漆黑的夜里，瞬间得以安定。

他知道，不论前方的路途怎样，母亲一定不会松开他那双无助而又柔弱的小手。于是，他只管好奇地问："妈妈，到了吗？到了吗？"

我看不清这位母亲的脸庞，黑夜让她隐去了身形，可我坚信，此时，她的神色只有一种，她的回答，也只有这一类："快到了，别急，孩子。你要是困了，妈妈就背着你，你靠着我睡。"男孩儿真困了，那么长的路，那么黑的夜，他细碎的步子往往要小跑起来才能跟上母亲的速度。

他轻靠着母亲的后背，在寂寥的星辰中沉沉睡去。母亲双手向后，用手腕担住孩子的大腿，用手掌托住他虚空的屁股。慢慢地、艰难地在黑暗的路途中前进。

母亲曾是一位少女。她曾和男孩儿一样，惧怕黑夜，惧怕未知的世界。可此时，她却不知为何，心里，竟没有了当年的惶惑和惊恐。她需要放慢脚步，哪怕这条路会因为她的迟误而变得漫长。她害怕的不是黑夜，而是黑夜里的石子，危险，会让她猛然摔倒，伤及此刻正在背上甜甜睡去的男孩儿。

她的步履变得越发沉重而又缓慢。她累了，像男孩儿入睡前一样，睁不开眼睛，手心里溢满汗珠。她努力闭上嘴巴，用鼻孔呼吸。这静谧的夜啊，谁知道前方有什么东西。她生怕自己厚实的呼吸会引来一阵黑暗中的狺狺狂吠。那么，男孩儿势必会从梦中恍然惊醒，泪水决堤。

她不害怕男孩儿的哭泣。她害怕的是男孩儿的惊慌，抑或男孩儿对黑夜的恐惧。她想要男孩儿勇敢些，于是，她就必须全面考虑。她不能因为一时的舒畅，而给男孩儿造成童年的阴影。她不希望在很多年后，男孩儿仍旧记得，在这条漆黑的路上，他曾被莫名的吠声给吓醒。

母亲所想要给男孩儿的，永远是温暖而又恬静的记忆。她腾出一只麻木的左手，捋了捋额前被大汗浸湿的乱发，站在原地，缓缓地弯腰，将男孩儿朝自己的背上抽了抽。而后，她又缓缓地抬起身子，朝着前方的路，艰难而又镇定地前行。

母亲在一盏亮着橘黄小灯的屋前停住了脚步，她没有放下男孩儿。男孩儿是在翌日的晨光中安然醒来的。他不知道昨夜母亲的心中所想，他习惯了这样的夜。

很多年后，即便日光散淡，母亲也只能一个人走过那条荒凉的小道。因为，此刻的男孩儿已然长大，而他的背上，也同样背着一个人。或是女儿，或是妻子。

母亲没有伤悲，仍旧为男孩儿时刻准备着后背。因为再漫长的黑暗中，都必须要有母亲的手。那是孩子的需要，人性的归属。同样，也是人世温暖的源泉。

点评

虽然题目是“天黑的时候”，可文章中，没有黑夜带来的惶恐不安，而是流淌着温暖。作者为我们呈现了一幅美丽的画面，那里永远有母亲温暖的手，坚实的背，还有浓浓的化不去的充满爱的笑容。

一位差生的老师

当她初任班主任的第一天,他带领一帮最为调皮的孩子送了她一个终生难忘的礼物——10只鲜活的蛐蛐。那是他们几人奔忙半日的结果。

她满怀欣喜,小心翼翼地打开密封的盒子时,鲜活的蛐蛐顿时"吱吱"叫蹿起来。她还未看清楚,几只黑乎乎的虫子便跃上了她的肩头,她一瞬间吓傻了,竟然丝毫不顾场合与个人形象,在教室里乱跳乱蹦,惊惶失措,惹得众人捧腹。

事后,她气极了,委屈的泪,顺着洁净的脸庞簌簌而落。她不远千里,不辞劳苦地从北国之都前往这片荒村支教,却万万不曾想到,这些在贫困中生长起来的孩子,竟然会如此淘气。

她一个人,肩负3个年级的课程。偶然,哪位同学病了,她还得充当临时医生。一日下来,筋疲力尽。她时常会幻想她所在的城市。直到此刻她才明白,之前那座生自己养自己又让自己怨声载道的城市,其实,是多么美丽与诱人。她不止一次想要回去,可总觉得对不住那些村民。她刚来的第一天,还未当上班主任,便已向那些前来热情迎接的村民许诺,要在这穷乡僻壤待足3年,教会这帮孩子读书写字。

他不喜读书,即便他真切地知道,知识可以改变他的命运,可以带他离开这片贫瘠的土地。若按"调皮孩子多聪明"的常理来说,他该是班上最聪明的孩子。一无所有的荒村里,他总能找到让大家开心娱乐的法子,他总能让每一个老师哭笑不得,他总能让班上的那几个男同学都听他发号施令。

为了让他有责任心,发现自己的不足,她让他当了班长。原本以为,颇有威信的他会管理好班上的课堂纪律,殊不知,他却带着全班同学提前早退,逃到后山腰上采野果。

他的学习成绩每次都很稳定,保持倒数第一。所有的老师都对他绝望了,劝她,不要再在他身上花半点心思,他天生就不是读书的料。她不信,说,要证明给他们看,他只要努力,就一定能成为一名品学兼优的学生。

他逃课游泳,碰上大雨,通身湿透,不敢回家,怔怔地坐在教室里等待衣服被身体烘干。殊不知,却发起了高烧。她背着他,来不及换鞋,踏着高跟鞋,“噌噌”地迈上山路。他伏在她的背上,气息微弱地撑着雨伞。

躺在诊所的病床上,他看着她因崴到而浮肿的右脚,断脱的鞋跟,一言不发地流泪。她以为他怕自己回家后会被父亲责打,于是就轻抚着他的肩膀,安慰地说:“别怕,别怕,待会儿到家了,我就跟你爸爸说,你在我家里补习功课。这样,你就不会挨打了。”

他哭得更凶了,“呜呜”地喘不过气。她不知道,他根本没有父母。他的父母在他很小的时候,一同南下外出打工,结果,一去不复返。这些年,他与奶奶相依为命。他之所以不敢回家,只是怕年迈的奶奶伤心罢了。

第二日,所有人都不明白,为何他听课忽然认真起来了。可与那些故事里的不同,现实中,本就没有奇迹发生。他之所以这么做,完全是在做表面工作,他实在不想读书,可又不想让她伤心,只好这么做了。

毕业之时,尽管他的学习成绩仍旧保持“第一”,可性格却有了翻天覆地的变化。他不再恶作剧,不再喜欢让他人难堪,不再内向、孤僻、乖张。短短 3 年,他变得高大、强壮、乐于助人、开朗、活泼,如换了一人。

离去的当天,所有孩子依依不舍地将她送上了山路。绿树滚滚,模糊了她的视野。她再三驱逐,都无法将他们撵去。她说:“送君千里,终须一别。”孩子们站在松涛呼啸的山间,哭了。

他隐在人群中,几次欲上前告别,都未能鼓足勇气。他多想上前亲口说声“谢谢”,抑或,说声“对不起”。可最终上前时,却如鲠在喉,只得奋力地挥了挥手。

很多年后,在黄土地上徘徊过后的他和当年的父母一样,踏上了南下的列车。第一笔工资,他用来买了一双崭新的高跟鞋。

她收到这双高跟鞋时,几乎都忘却了他的名字。在城市中,她已经送走了很多届优秀的学生,他的名字,已在这些记忆中模糊。直到目及盒中的相片,她才恍然记起,那个在很多年前,让她难堪落泪的大眼调皮男孩儿。

照片背后，是一段让她泪湿的拙劣笔迹："感谢您，老师，直到我们别离的最后一刻，你都未曾将我这位最差的学生放弃！"

点评

老师的一举一动，都影响着孩子。一个肯定的眼神或者一句鼓励的话语，都可能改变孩子的一生。文章最后一段是点睛之笔，一位敬业负责的老师，是不会放弃任何一个学生的，即使是所谓的差生。

让悲伤顺流而下

很早之前,我就从书中深刻地明白,人这一生,最不可避免的,便是死亡。可当它以一种极其真切的面目闯入到我的生活时,我才发现,事实与想象的差距。那一夜,我靠在温软的被子上,流下了无数热泪。

我曾是那么惧怕着父亲。他逼迫着我念诗,写诗,读名著,学钢琴。我曾大逆不道地猜想,倘若父亲恍然消失,我的生活,会不会立刻充满了五彩斑斓的欢声笑语?可现实,在他走后不到三日,我的思念,已如疯草一般蔓延了整个幼小的胸膛。

每个周末,他都会领我去离家不远的小河边儿漫步。一面优雅地闻着天光里的草香,一面严肃地要求我背诵唐诗宋词。小河两旁长满了不知名的小花儿,我曾爱极了它们。但此刻,却怎么看,都觉得它们黯淡无光,像在我心中挥之不去的密密麻麻的忧伤。

我开始学会放纸船。因为很久很久之前,我背着父亲看过一本发黄的连环画。连环画里说,在船上写下的愿望,只要有人收到,并给你回了信,那么,你就会梦想成真。于是,我开始了最为痛苦的等待。

每个周末,我都会像往常一样,独自到河边漫步,背诵唐诗宋词。而后,将自己满腹的幽思写在一张淡蓝的信笺上,叠成一艘在水中晃荡的小船,顺流而下。

我再见不得一切关于团圆的画面。第一次发现,在我小小的世界里,竟然早已住满了敏感的愁伤。只要清风轻轻掀起,我就会刹那泪眼涟涟。

母亲再不干预我的生活,再不翻阅我的日记,再不对我唠叨。我一个人孤独地上课下课,漫步,放纸船。很多时候,连自己都不明白,这个纸船,到底顺流漂到了何人之手?抑或它根本就没有那样完整的命途,半路就已被浪花席卷夭折?

再次站到河岸,还未将我的新叠的纸船放下,上流就悠悠地飘来了一艘粉红的纸船。顺着哗哗流水,在阳光的照耀下,如春花一般温软。这是谁的纸船?为何在这个时刻飘下？难道，它的主人也和我一样，有着不可言道的忧伤？

我在岸上来回跑动，不停地挪着步子，好在第一时间拿到这艘纸船。拆开它，里面是模糊的笔记，大抵是写着，所有快乐和悲伤的时光都会如流水一般滚滚逝去。我盯着皱褶的信笺纸，仿佛被雷击了一下。我隐约觉察到，并且断定，这就是给我的回信。

我兴奋极了。我放出去的纸船，竟然有人收到了！而碰巧，他给我的回信，我就那么不偏不倚地在同一条河流中捡到。安静下来，我有一点不明白，如果，这人曾收到了我的书信，他应该是在河水的下流。可这粉红的纸船，明明是从上游悠然而来。这是为何？

当第三次收到同样的粉红的纸船，我决定，以最快的速度去河水的上流看看，是哪一个与我有着同等遭遇的人，正将悲伤付诸流水。

当我气喘吁吁地奔至上游，恍然看到，河岸上，坐着一位大汗淋漓的中年妇女。我不敢相信，那是一向对我冷漠放纵的母亲。她怔怔地看着我，尴尬地微笑，始终不语。

顷刻，在明媚的花丛中，我的泪水决堤。她茫然地起身伫立，手捏一沓粉红的信笺纸，像个犯了大错的孩子。原来，她一直不曾离开过我。

我开始写字，投稿，开始希望有更多的人因为我的文字，而懂得人生的含义。

就像，一切快乐和悲伤的时光，最终都会如流水一般滚滚逝去。

点评

文中的母亲用最笨拙却最直接的方式关心着陪伴着“我”，让“我”懂得人生的含义。在我们失去重要的人的时候，请不要忘记，还有更多的重要的人需要我们关心和珍惜。悲伤不可能一直存在，我们要做的就是把重要的人深深埋在心底，并且带着他的那一份关怀一起，好好珍惜身边的人。

我的兄弟

母亲说我另外还有一个兄弟,在我3岁那年走丢了。我起初不信,以为母亲是要哄骗于我,后来,渐然相信了。因为我亲眼见到我的父亲发了疯似的找了整整5年,杳无音信。第6年,兴许是怕我孤单,母亲又生了一个弟弟。

于是,我与我的弟弟就这么阴差阳错地差了整整9岁,一条无法逾越的代沟。我以为,我和他定会生出许多事端。至少,是要有些激烈的争吵的。可在我印象中,似乎一直都不曾有过这样的事件。我们各自按照自己的轨迹慢慢成长,相安无事。

我与他都把那个丢失的兄弟给忘了。对于我来说,那是二弟,于他,便是二哥。我们这么波澜不惊地过了许多年,很少提起这件事。偶然,会有长嘴或是热心的街坊说,在某某处见到一位男孩,长得与我非常相像。每每这样的话传到母亲耳朵里,母亲就再也坐立不住了。

这些年过去了,母亲依旧没能找到那个传闻与我长得异常相似的弟弟。而我,仿佛也没有那样迫切想要去追寻的热情。我不知道为何,我也曾问过我的弟弟,他不语。

就这样,我们冷漠了很多年。直到今日,才恍然想起,在我们的生命里,原来还有着另外一位兄弟。

前不久有人告诉母亲,在板桥的菜场上见到一个男人,衣衫褴褛,过得甚是穷困,但有一点奇怪的是,长得和我颇为相像。母亲听得热泪涟涟。这些年的艰难和困苦都不曾让她落过泪,唯独这件事例外了。

母亲深夜与我畅谈,说要去寻访二弟。我沉默了许久,不知如何作答。几十年就这么过去了,我从孩童长成少年,从少年到青年,时光不知变迁了多少次,不知将小院里的春花吹开了多少次,可始终不能让母亲忘怀这个刻骨的伤疤。

我相信,倘若真找到二弟,他也一定成了家。到那时,我们所面临的,就不仅仅是二弟一人。很可能,是三个、五个,甚至更多的人。因为他走丢那年,仅只有两岁。两岁的孩子若能长大成人,势必是有人监护的。那么,就是说他必然也有着自己的养父母。

真到那时,我们要用怎样的方式来和他的养父母诉说?或者,是向二弟本人诉说?我实在找不到一个既能让他知道真相,又不打扰他生活的方式。倘若我们家境富裕,尚还能帮补一二,可照目前的状况来看,即便要答谢二弟养父母的恩德,也唯恐心有余而力不足。

母亲最后听取了我的意见,打消了寻访的念头。我分明看到,浑浊的泪花在她的眼睛里打转。我明白,我又一次伤了母亲。这个十分陌生的弟弟,即便从未让母亲好好地疼爱过,可依旧是牵在母亲心头的一块肉。

我想,这样的事,是该我去做的。母亲经受不了这样的波动。不论那男人是与不是,都会给母亲造成莫大的伤害。我宁愿,就这么一直对她冷漠。而后,独自悄然寻访,想方设法求证,不露痕迹地与他交往,做个知心朋友。在日渐相熟的时刻里,轻轻地问上一句在心间压抑了多年的话:“这些年,你过得好不好?”

可我的兄弟啊,你此刻,身在何方?

点评

本文读后会让读者有身临其境的真实感,并让无数人为之动容。这种真实感来自于作者的写作手法,语言描写、心理描写都很成功,值得很多以写记叙文为主的同学们借鉴。

迟来的感动

大二那年，学校扩建，我们在一片欢呼中恍然觉察到了外来的悲伤。站在凉风徐徐的宿舍楼顶，我们亲眼看到那片被征收的土地上，无数的农民在青天白日下号啕。后来，学校为了让他们有所依靠，便尽量给这些失去土地的农民们安排工作。于是，公寓里的清洁卫生交给了这些已婚妇女，宿舍财产安全则托付给较为年长的已失劳动力的老人。

就这样，新建宿舍的管理员成了一位头发花白的老头。印象中，他总是喜欢坐在花坛上，眯着眼睛，像个士兵一般扫视着宿舍楼道口。有闲人或是女生进入，他便会一跃而起，上前问个究竟。

几乎没有一个人被他为难过。只要你编造的理由正当，他一定会态度和蔼地放行。尤其是以学习为目的，他更是喜笑颜开。说实话，我们很喜欢这位宿舍大叔，但有一点不好，他老爱在熄灯以后挨门挨户地检查。

学校为了更好地管理学生的就寝问题，每晚十一点准时熄灯。熄灯后不到半小时，这位头发花白的宿舍大叔便颤巍巍地上楼巡视。他一路走，一路对着尚在谈笑风生的小伙们说，睡了啊，不早了，明天还得早早学习呢！不知是大家都怕被扣素质分，还是其他的缘故，只要这位大叔一说话，楼道便瞬间获得安静。

有几次我们在熄灯前聊得忘乎所以，熄灯后也是意犹未尽，迷迷糊糊上了床后，在将睡未睡之时，宿舍门吱呀一声被打开了。所有人猛然惊起，略带恐慌地问："谁？！"

每每这时，大叔的声音便会破空而来："你们这个宿舍门要记得关啊！都这么大人了，还不懂得这些安全问题。"紧接着，光溜着身子的几个人便开始追究，到底是谁最后上床的？

我们一直以为在大学宿舍里关门是一件多余的事儿。因为一层楼道里所住的，大都是一个系部的熟人，平日里都挺客气，绝不可能出现偷盗行为。但遗憾的是，仅一年之内，其他几栋宿舍楼都陆续出现过偷盗事件，唯独我们此楼免遭其难。

临睡巡视的习惯，大叔保持了整整两年，一日不落。即便是在大雪呼啸的寒夜，他也一定会披着军绿大衣，缓缓地挨户推门试探，从一楼至六楼。

当我们几个原本毫不知世事的毛头小子，被四年时光打造成半个社会人士之时，才开始明白，这几年的安稳与舒适，原都是大叔的恪尽职守所换来的。毕业前几日，几乎每个寝室都秉烛夜谈，通宵达旦，但奇怪的是，大叔竟再没上来过。当时有人说，大叔还是挺通情达理的，知道我们要毕业了，让我们把最后的话说完。

临行前，很多人站在楼道口要跟大叔谢别。许久之后，宿舍楼的办公室仍旧空空如也。午后，从几位清扫楼道的阿姨口中才得知，前几日，大叔因重病缠身，不得不归家休养。那一刻，许多人默然提着行李，匆匆穿过昏暗的楼道口，一句话也说不出来。

有一股难以遏制的悲凄，将要在我的双眼里奔腾。兴许，这是感动，但这感动，实在是迟到了太多岁月。

点评

很多事习以为常，但真正有一天那不再是“常事”的时候，就越发显得那么珍贵。被大家认为多余的事，却是大叔每天必做之事。不为别的，就为那份责任和心安。文中还有个小细节，只要跟学习有关的事，大叔都非常高兴。这完全是站在为了孩子好的角度考虑问题的大叔。如果你身边有这样的人，千万不要吝啬那句“谢谢”。

一百米之外的世界

一百米之外，有一只扑扇着翅膀的青鸟在细弱的枝头上跳跃。阳光如流水一般透过细密的叶脉，倾泻到无数耀着金辉的羽毛上。它安静地立在枝头，像是在焦急地等待。我知道，这一个清晨，有一丝愉悦的欢鸣将属于我。我要加快飞奔的步伐，进入那个悠长的小巷，再转过那个弯儿，去看看，一百米之外的世界。

一百米之外，有一条澄明的溪流在葱茏的树群中汩汩流动。清风携卷着暖意从暗处缓缓涌来，那一股奇异的力量将要使松林发出阵阵涛声。它们还未到达，仍有一段似长非长的距离。我知道，这一个绿树成荫的季节，有一些生命的话语将属于我。我要加快飞奔的步伐，进入那片桃花林，再转过那个弯儿，去看看，一百米之外的世界。

一百米之外，有一颗凝结住黄昏的晶莹的露珠在草间晃动。红日在山头像一面胜利的旗帜迎风招展，万物顿时幻化为时针、分针和秒针。它们顶着岁月的风尘，在某一个时刻里停止了滚动。我知道，这一个暮色四合的时段里，有一种时不我待的无奈将属于我。我要加快飞奔的步伐，进入那片肥沃的土地，再转过那个弯儿，去看看，一百米之外的世界。

一百米之外，有一只无名的昆虫被挡在了柔软黏稠的蛛网之间。细雨虽如青丝却斩不断困心的巨网，在茫茫的层峦叠嶂之中。它安静地匍匐在那儿，前所未有地淡定。我知道，这一个千钧一发的时刻，有一项重大的使命将属于我。我要加快飞奔的步伐，进入那块荒芜的丛林，再转过那个弯儿，去看看，一百米之外的世界。

一百米之外，有一些被成长逐一忽略的童话世界正在被一群孩子重建。笑语成阳光，欢声化雨露，在不被人发现的角落里暗自破土疯长。墙外已经长满了糖果树，还有一枚嫩绿的苹果。我知道，这一段久违的时光里，有一间铺满阳光的屋子将属于我。我要加快飞奔的脚步，踏上那条用金子筑成的马路，再转过那个弯儿，去看看，一百米之外的世界。

一百米之外，有一棵忘记了开花的树在夏夜的繁星中忧伤。月光如利剑一般刺破沉重的黑幕，锤洗着粗壮树干上的娇艳蓓蕾。它们无法打开深情的眼睛张望，轻轻地啜泣。我知道，这一个诗意的夜晚，有一种难以言明的情愫将属于我。我要加快飞奔的步伐，进入那条坎坷的青石小路，再转过那个弯儿，去看看，一百米之外的世界。

一百米之外，有一种未知的喜悦在空气中幽静地弥散开来。四季的轮转像一支不可停歇的画笔，描摹并镂空它的内里。它像一只初入世事的棕熊，慵懒地躺在岁月的刀笔中。我知道，在这一个千般未知的谜底里，有一种不可更改的结局将属于我。我要加快飞奔的步伐，进入那个名叫人生的荷塘，再转过那个弯儿，去看看，一百米之外的世界。

一百米之外，有一个温暖的亮着橘色幽光的小屋在城市中沉默。几个与我熟悉至极的人在屋内，等待我的脚步叩响他们的耳朵。它在万千的高楼大厦中伫立，挡着寒冬的风和深秋的雨。我知道，在这一个叫作家的港湾里，有一种深藏心底的感动将属于我。我要加快飞奔的步伐，进入那串绵长的思念，再转过那个弯儿，去看看，一百米之外的世界。

点评

本文用多个一百米之外做开头，又用多个一百米之外做结尾，以段的排比形式组成整篇文章，为读者展现了有很多“将属于我”的美好事物，词美、句美、寓意美，表达了作者对美好事物的向往。

对母亲的解释

幼时，曾做过一道极为奇怪的题目，至今记忆犹新。偌大的试卷上，仅有一行简洁的文字，要求解析“妈”“娘”这两个字的字面大意。

此题分值100。

我翻了字典，寻了书籍，原原本本地从中照搬，不敢有丝毫篡改。用笔一一标记、誊抄、扩展，加入自己的思想，硬是将那两页惨白的试卷写得无缝可见。直到确定答案的完满、无懈可击后才昏昏睡去。

翌日，交卷之时才发现，除了最为调皮的那两个同学之外，几乎所有人都将自己的答案黑压压地画满了卷面。他们安静地坐在自己的位置上，不住念叨熟悉，等待先生点名起立，流畅地诵出自己的文字。

狭窄的学堂里，45种不同音色的回答，竟无一个让先生解开紧锁的眉头。他踱着步，在讲台上徘徊了许久，推门而去，远远地叹息，悠然消失在昏暗的楼道深处。

没人知道，就如此简单的两个字，还能有怎样奥妙的解释？我与其他的一些同学一样，又花时间查了更多资料，亦问过了很多人，包括自己的父母、外公、玩伴等等。他们的答案与我的是那么相似，“妈”“娘”都是在生活中对母亲的口语叫法。而母亲是什么呢？母亲是给予我们生命的伟大女性。

先生肯定了我答案中的一点。母亲与“妈”，与“娘”是同一人，只是叫法不同罢了。可至于何谓“妈”何谓“娘”，说我理解得还是不够贴切。

台下的同学哗然。他们在赞同我答案无比完美的同时，也开始抗议先生的苛刻。顿时，细碎的声响如跳蚤一般，爬满了寂寥的黑板。

先生不语，领着我们做了一次课外活动。广袤的郊外田野上，一些健壮的马匹正在奋力耕地。它们面朝黄土背朝天，顶着烈阳与呼啸的皮鞭，默默流着大汗。没有人去注意马匹，大多数人的眼睛，始终在搜寻着暗处的秧鸡，河中的游鱼。

归来后，先生问："你们刚才看到了什么？"台下炸成一锅，各抒己见，乐此不疲。先生摆了摆手，愤愤地道："你们看到了'妈'字'娘'字没有？"

鸦雀无声。他抚桌轻说，将"妈"分开，它的左面是"女"，右面是"马"，将"娘"字分开，它的左面是"女"，右面是"良"。而今日，它们二字皆在野外天地之中。

从字意简要说来，"妈"便是如驽马一般默默辛勤劳作的女人，"娘"便是将你由顽劣捶打成优良的皮鞭。它们都代表着母亲，却有着不同的职责。前者，是在挥洒生命汗水的同时为你换来安定的生活。后者，却是忍住心中慈爱、泪水，用皮肉的痛楚让你于安逸中看清人生的航向。

它们终要组合为一体，拥有一个可书于纸上的最妥帖的名字，那便是母亲。

先生说完此话后，拂袖离去。天真的我们开始回想，今日山野中的无名马匹，破空响亮的铮铮皮鞭。原来，它们一个是"妈"，一个是"娘"。那群孩子中，有一人将这样的荒谬解释镂刻在了心板上，并不厌其烦地将它屡屡翻出，向旁人传达。

那个铭记荒谬，于后来用此荒谬来解释母亲字意的人，是我。

点评

记得看过一个这样的视频，应聘方说，需要应聘人员做如下工作，没有休息日，无偿劳动，长时间站立，随叫随到……没有人愿意应聘这份工作，最后，应聘方说，这个职业就是母亲，在那一瞬间，泪水奔涌，这就是母亲。文中用"妈"和"娘"的解释说明了一切，并将其镌刻在心板上。

梦与家的路

在加拿大、日本、挪威等高纬度地区的河流深处，蕴藏着一类众所周知的鱼种，它的名字叫作三文鱼。

很少有人知道三文鱼的成长历程。它们的出生，是必须要以父母的死亡作为依托才能得以实现的。它们的父母殚精竭虑，为了保全它们，不得不从海洋回到平静的河流，将它们藏匿于冰凉的石块之下。

母三文鱼产卵，公三文鱼授精。之后，双双死去。鱼卵未成形之前，会被其他的鱼类吞食掉一部分。之后，经过万千劫难终于拥有鱼身时，还得继续遭受被其他鱼类猎食充饥的厄运。它们顶着艰险在河流中迅速成长。一年之后，年轻的它们内心澎湃，开始向往无边的大海。

于是，每年，都有无数的三文鱼从河流中步入海洋，开始它们为期一生的流浪。它们顺着太平洋浩浩荡荡地游历，实现它们生的愿望。

海洋是美丽的，但也充满了杀机。那些凶猛的鱼早已潜伏在湛蓝的海水深处，等待着柔弱的它们到来。与此同时，还有渔人无情的巨网，天上扑飞的雄鹰。

它们没有放弃自己的梦想，继续围绕着浩瀚的太平洋前行。它们要从海洋的这头，游向海洋的那头，而后，再回到自己的出生地结婚、生子、死亡。这一个游历的过程，生物学家们把它称之为"洄流"。

洄流每 4 年一次。一年，是它们在河流中生长的期限，剩下的 3 年，便是它们在大洋中徜徉的时间。很难想象，它们明知前方危机四伏，为何还要义无反顾地前往？直至最后，周游一圈，回到那个河口之时，所能归来的三文鱼的数量，根本不足当初涌向海洋的十分之一。

河口上，凶猛的苍鹰与灰熊等待多时，它们在河水中肆意捕杀，尸横遍野。可令人最为之动容的是，这湍急的河口上，竟然没有一条鱼因为畏惧死亡而仓皇回头，再度奔入海洋。相反，它们摩肩接踵，争先恐后地向着河口之上游去。

滚滚的河水无情地冲击着它们的身体，减缓它们的速度。岸上，无数的巨鹰和残暴的灰熊正肆无忌惮地捕杀着它们的同类。它们一面要避开猛兽的致命追击，一面还得不顾一切地与汹涌的河水做最后的斗争。

惊心动魄的一幕出现了。无数的三文鱼为了进入河口，为了不让湍急的河水将它们带向海洋，它们只有放弃觅食的机会，保持 24 小时全速全进。

进入那条安静的河流，所有的三文鱼都处于一种濒临死亡的状态。它们的身体发红，呼吸减缓，能量已经消耗完毕。此时，它们只能借着最后的气力，产卵、授精，将那些可能变成新生命的鱼卵藏在河石之下。

接着，无可避免地逐一死去，在这条生育它们的河流里。成千上万的三文鱼，放弃海洋，放弃可以流浪的青春，只为了回家，为了将自己所剩的生命奉献给所有不可能谋面的孩子。

几乎没有一人不为这赴死归家的壮景而动容落泪。它们曾那么艰难地生过，辉煌地闯过，豪壮地流浪过，可这一切，都无法更改，也无法阻挡住它们归家的脚步。

在三文鱼的世界里，海洋，是它们一生的梦，河流，是它们今世的家。在肉眼不可及的流水深处，这些柔弱的生灵，正以一种极其悲壮的方式反问着在外多年的我们——梦与家的路究竟有多远？

点评

作者选了一种我们很熟悉名字的鱼——三文鱼，但是很多人对这种鱼的认知停留在餐桌上。通过对三文鱼一生以及它的执着的描写，引出观点，梦想与家的路的距离有多远？留给每一个读者思考。

坏孩子也一样有着成长的特权

问题少年这顶帽子，我一戴便是整整5年。没有哪一位老师不曾对我三令五申。而年少时的自己，不但不因这样的告诫感到羞赧，反而有一丝丝暗自的骄傲。

我想，我总是特立独行的。记得有一次作文课，题目是《我的同桌》，众人无不仰面长叹，叫苦连天。唯独我，独自埋头，写得不亦乐乎。洋洋洒洒数千字，惊得老师目瞪口呆。

结果，我这篇“旷世奇作”，超乎寻常地破下了“零分作文”的纪录。原因是，写作文的我乐了，被写的同桌哭了。老师在课堂上说：“李兴海同学，你所写的文字，完全出于人身攻击，好好的一个姑娘，硬是让你写成了李逵！”

班上同学大惑不解，直到他拿起我的作文，琅琅念出一段，他们才捧腹喷饭，满地找牙。“我亲爱的同桌，人称‘黑旋风’。常自诩武功天下第一，有人赠联，美曰，拳打云贵二省，脚踢京沪两市……”

无可非议，曾与我嬉笑怒骂的那位女同桌，这次作文课后，拼了命地要求调离。我顿时欢呼雀跃，以为将有新的同桌。殊不料，全班45名勇士，竟无一人敢前来同我平分天下。于是，我只好过起了孤家寡人、独孤求败的生活。

有女生断言，我前世一定是一只无恶不作的蟑螂。要不然，这辈子绝对不会惹人生厌。因此，我无缘无故地多了一个小名——小强。开始，我死活不明白，他们为何要叫我小强。直到有一次，无意赏得星爷的《唐伯虎点秋香》，才知其中深意。

我怒火中烧，耗费了3天时间，才查出取名哗众的罪魁祸首。结果可想而知，这位被称为“智多星”的祖国花朵，莫名其妙地请了3天病假。

无数老师对我说，我得浪子回头，有错必改。可惜，这样那样的人生道理，都被我一一忽视了。况且，每次进入昏沉沉的办公室，我都会不由自主地使出我的独门绝学,左耳进,右耳出。任君说得唇间白沫,我自神游无形太空。终于,他们一个个将我放弃,将我抛至角落,绝望、漠视,不再讯问。

我为自己的蛮横感到前所未有的自豪。直到后来,一次体育考试中,我失手从双杠上跌落,才恍然觉察到无处不在的孤独。因为,在场的所有同学,竟无一人愿意前来帮我。我瘫坐在冰凉的地板上,疼痛和懊悔,暴雨狂澜般呼啸而至。最终,是我当初的那个同桌,“黑旋风”同志,不顾男女之嫌,毅然把我扶到了医务室。

瘦弱的她,一路踉跄。出于愧疚,我几次想要挣脱她的双手,却被她牢牢扣住。豆大的汗珠,如同饭锅上凝结的水蒸气,陆续滴落。到底,那翻涌的热泪,还是从我的心门上扑腾而出。

那是中学的最后一年。我始终无法忘记,那个瘦弱女孩所给予的温暖和感动。她那么不计前嫌地,搀着昔日将她羞辱的仇人,心急如火地狂奔在鸟语花香的路上……

当年的那个坏孩子,由于成长的波折,不但拥有了异于常人的领悟,更得到了许多长者的忠告。那些无形的领悟和智慧,终于成为后来时光中的特权,让他无畏荆棘,心似莲花。

点评

本文语言幽默,表现出了“坏孩子”的调皮与聪明。但他还是被旧同桌的行为感动,被那份善良感动。文尾扣题,“坏孩子”也成长了,心始终保持着纯净。

两种不同的植物人生

我们总爱以小草来赞誉百折不挠的生命。它们穿山裂石,无坚不摧,尘世的一切,几乎都无法阻挡住它们的生长。

就树而言,生命力最为旺盛的白杨树与之相比都逊色三分。茫茫的戈壁滩上,白杨树像极了威武挺拔的士兵。在空旷的天际下,独自履行着神圣的职责。不过,这些都无法抵挡住小草的成长。倘若,这白杨树是在小草的生长范围之内,那么,它势必会遭到侵犯,并且无从反抗。

那些身形矮小的绿丛,定会穿破它的根土,抽出新芽,同它争夺着半丈方圆之内的阳光雨露。白杨树即便愤怒了,张开身形,阻挡所有的养分滋润大地,它们也会从它的体内夺取营养,日趋茁壮。

客观的事实告诉我们,草是伟大的,与之相比,树是渺小的。

再仔细想一想,我们路过漫漫山野,或是园中小地。脚下踩过的是什么?对,是那些生机盎然,顶立向上的杂草。它们被践踏,被欺凌,被迫不得不消亡于大地。这样的生命,最后只得插上几个公德牌来加以维护,甚至,依靠条例的强制性实施来作为最好的保障。

再看看树,和草一般桀骜地立于天地之间,但是,面对人类的脚步,它却从不畏惧,从不躲闪,更不会因为这样的脚步而淡然消亡。

草的生命,与此时的树相比,便显得太过于脆弱。它们没有真正生长的梦想,它们的生长,只是一种盲目的生长。山野、石罅、漏缝、墙角、暗窗,只要有可能的地方,它们都会生长,都尽可能地保留着“野火烧不尽,春风吹又生”的遗传因子。

树的生长,是需要苛刻条件的,阳光、土壤、水分,缺一不可。倘若缺少了其中一种,它便宁愿在土壤中就此死去,也不会顶裂土壤,现出自己的身形。它的生长,是一种价值的体现,是要完成一项神圣的使命。

草的人生，是一种被动的人生。它们所怀有的仅是我不得不成功的态度。它们不得不生长，倘若不生长，它们便会死在乱石、裂缝、暗地之中。但它们生长出来，一样要在自满中经受着随时被生物吞噬，被人类践踏的命运。

树的人生，是一种主动的人生。它从始至终都是在朝着我要成功的态度迈步。一片绿叶，一根枝丫，都是它不懈努力之后的结果。它所要完成的，所要奔赴的战场，是一般植物无法达到的境界。它在居于篱下的时候就暗自决定，要立于天地之间，迎接清晨的第一缕阳光，承载静夜的第一束清辉。

活着，它是世界的一片绿意，给人送去清凉，遮风挡雨，让人仰慕。死后，它是世界的一隅一墙，构筑人类的安全堡垒，供人敬畏。

树的人生，是每个人该去梦寐和奋斗的人生。草与它的根本区别，不是身形、外观的反差，而是在于生长价值的不同，在于内心态度的迥异。

点评

本文先是阐述了客观上两种植物的不同，又通过两种植物的对比，推翻了之前的结论，更进一步表明，树的人生是积极的。也通过两种植物的对比，表现了两种不同的人生态度。文章结构巧妙，观点明确。

临窗听雨

真爱雨中漫步的文士们大都知道，其实，夏雨比春雨更富诗意。

夏如奔腾的烈马，在九川绵延的沟壑天堑间任意驰骋，将炎炎的嘶鸣化作缭绕不去的羽翼，盘踞在祖国的大江南北。这羽翼象征着急躁、闷热和酷暑。于是，那些原本让人清幽微冷的雨丝，恍然成了一种雪中送炭的慰藉。

雨有生息，它们从隔地万里的柔云之上而来，上衔天方浩然正气，下接黎明苍生疾苦，无相无形，不可追溯本源。于是，在我国古典名著《西游记》中，便将此天上之水，谓为“无根之水”。

在雨的世界里，窗是唯一可与之通联的屏障。它虽没有雨这般高贵与神秘，但却有依存着彼此相惜的隐隐血脉。微凉的窗将人与尘俗的世界和大雨巧妙地隔开，让它们可以在苍茫的天地间任意挥洒，无所顾虑。而人，亦可以畅通无阻地在大雨的世界中自由来去。窗是他们各自的庇佑之神。

我时常觉得，这些晶莹透亮的帘幕，是有着真情实感的。它们来自于大地，成于大地，虽在后来的时日里，依托日月光华，直登青天，飞黄腾达，但依旧不忘在急需解困之时，奉上自己的鲜活的生命。要知道，雨一旦投入了大地，所面临的，势必就是那转瞬间的消亡。但它们从不畏缩，更不曾后悔。不然，它们怎会前仆后继，汹涌咆哮地从九天之外匆匆赶来？

面对这样的真性真情，我们唯可隔窗遥叹，拂袖旁观。

雨也是有着年岁的。否则，怎会每每听雨，皆有异然之情？当人生的风浪已经从波澜壮阔、惊涛拍岸的滚滚气势转为一眼千里、风过不兴的淡定从容时，我们对雨的情感，也会从先前的触景伤情，到后来的泰然处之。

爱雨之人，总是少年居多。少年的心里，总有那么多可歌可泣的故事。我的少年，已经远去数千日，可对于那份听雨的柔情，却至今仍不曾幻变。只要窗上奏起清音，我便会义无反顾地拉开厚重的布帘，让那些时而滂沱悲泣，时而低声小语的真性之物，从朦胧的天地间，缓缓流进我的脑海里。

“少年听雨歌楼上，红烛昏罗帐。壮年听雨客舟中，江阔云低，断雁叫西风。而今听雨僧庐下，鬓已星星也。悲欢离合总无情，一任阶前，点滴到天明。”

我总想为它们写点什么。靠着窗，捏着笔。但可惜的是，总会凝神迟滞，无法落笔。兴许，真是人在楼中，雨在外，雨在画中，情顿开的缘故罢了。

点评

本文是一篇散文，赞美了夏雨，奔放、洒脱、真性情。动静结合，寓情于景。整篇文章就如开头所写，富有诗意。

两种值得我们永生仰望的飞鸟

在神秘的南美洲，存活着一种极为珍贵的鸟儿。它们有着鲜红如火的羽毛、矫健灵动的身姿、温润的眼睛，以及绝美的歌喉。

它们一生都在荆棘灌木丛中觅食，一面历尽千辛地飞翔，一面坚持不懈地寻找着一种名叫荆棘树的植物。很少有人见过它们的身影，却被它们的故事所深深打动。于是，每年都有成千上万人从世界各地赶来，到那些小小的森林里，等待着它们出现。

荆棘树，那是它们一生的目标与追求。它们之所以要用肉身掠过荆棘，掠过长满尖刺和毒针的灌木，就是为了寻找到这种植物的归所。

它们的寻找从脱离巢穴的那一刻便开始了。有人说，它们的歌声美得惊天动地，却很少有人听到。原因是，它们一生只唱那么短短的一次。

当它们伤痕累累地从灌木丛中显露出身形，在广袤的蓝天上看到，那一棵夜夜在梦中出现的荆棘树时，它们便会不顾一切地从空中坠落，俯冲至一根最长、最尖、最大的荆棘上去。

硬密的木刺穿透了它们的羽毛，鲜血汩汩从羽毛上渗出，和着烈火一般的光泽，在午后的日光中，显得那么悲壮而又美丽。这一刻，它们终于展开歌喉，对着细密的丛林，对着在视野里逐渐缩小的蓝天歌唱。

这一段和着血泪的歌声，让世间所有的音乐和声响黯然失色。据说有人在听过这样的啼鸣后，久久难眠，惊疑这天籁并非人世之音。没有人知道，为何这气竭命陨时的惨烈歌声，会如此勾人心魄，美丽动人。

它们名叫荆棘鸟。

很久之前，在书本上看过一个极为有趣的传闻。书里说，原来人世中还有一种终身扑翅的鸟儿，名叫飞翔鸟。我不知这个传闻是真是假，但我愿意相信，人世间，真有着这么一种可以和荆棘鸟一样竞逐梦想的生命。

飞翔鸟没有双脚，于是，从巢穴坠落的那一刻开始，它们便注定了一刻不得停歇地飞翔。它们不能停下来，即便天空飘洒着鹅毛大雪、倾盆大雨，乌云滚滚的深处，闪着刺眼的雷电，它们也必须义无反顾地展开翅膀，在天地中翱翔。因为它们一旦停下来，便不可能再次站立，更不可能凭翅飞翔。

于是，它们生命的终点便是一生飞翔的最后时限。它们的家是蓝天，航程是蓝天，目的，也是蓝天。我愿意相信这么一个无从考究的传闻。因为只有这样的一种鸟儿才能让我心生安慰，让我恍然觉得，南美洲的荆棘鸟，从始至终都不曾孤独。

这两种身形瘦弱的鸟儿，是值得我们人类永生仰望的。因为，在它们的心灵深处，灾难和挫折都永远不能阻挡住梦想的脚步。它们的心，只能托付给澄明而又无垠的蓝天，也只有蓝天，才能将它们永无止境的思绪，毫无破损地存放于人世间。

点评

本文题目直接表达思想，需要我们学习的飞鸟。文中分别介绍两种飞鸟，将它们的特点和品质完全展示。文尾总结，在它们的心灵深处，灾难和挫折都永远不能阻挡住梦想的脚步。

愿母自私

我时常能读到这样的作文。年幼的学生们用稚嫩的笔迹写着,他们的母亲是多么平凡而又伟大,因为她们吃足了人间疾苦。为了力求感人肺腑,他们不惜把自己的母亲写得万般悲惨。或许只有这样,他们才足以打动我这位铁石心肠的老师吧。

孩子们的目的达到了。我时常被他们这些不知真假的故事糊弄得泪眼涟涟。一整个清晨、午后,都沉浸在一种莫名的忧伤之中。

几年后,这些孩子都长大了,陆续上了大学。再翻阅他们之前给我写的作文时,我竟有了一种惶惑:为何所有的母亲都得这样悲苦?难道不悲苦的母亲就不是好母亲吗?

经常能在报纸杂志上看到类似的报道:某省某市的某位母亲,为自己的孩子,甘愿捐出肾脏,更或者,牺牲自己的性命,以保全孩子。某镇某村的某位母亲,为了能让自己的孩子步入学堂,接受知识,甘愿下洞挖煤,过着牛马一般的生活。

铺天盖地的新闻、纪实,让我们感动,让我们明白,并坚信,尘世中的每一位母亲都有着一块无私的角落,用以安放自己的孩子。我们为此哽咽,为此流泪,甚至觉得,这样的母亲是伟大的,也只有这样的母亲才足以堪称母亲。

我们要求这样的感动,要求这样的悲苦来填补我们日渐麻痹的心怀。我们需要有这么一些母亲站出来,作为代表,为我们诠释,母亲这个职业的伟大。

实质上,从过医的人,全然不用看这样的报道或是故事。他们明了,一个女人要从妻子变成母亲,势必要经历尘世中最强烈的苦痛。

医学上,把人所能感受到的疼痛等分为十级。蚊虫叮咬为一级,分娩生子为十级。

我们尚且不说,这疼痛的等分合理不合理。就简单举一个例子来说,譬如,一个男子,因癌细胞扩散至下体,不得不进行截肢手术。倘若,让他不施麻醉,毫无怨言地承受这整个手术过程所给他带来的苦痛,行吗?

我想,尘世中,没有几人能承受这样的苦痛。而类似这样的苦痛,每一位母亲,却真切地尝试过了。

落笔之前,我曾去医院听闻。每一位即将分娩的女子来此,医生都会问,要不要施用麻醉?施用的话,就不会有那么痛苦,只是,很可能会影响到胎儿的正常发育。

据跟我解说的这位医生的言辞,没有一位母亲要求施用麻醉。她们宁可承受尘世中最大的苦痛,也要避开这万分之一的会影响到孩子身体健康的概率。

单从这一点来说,就足以让我们感动了。

前些天,笔者母亲生日。有朋友问及,你送你母亲何物?我答曰:仅四个字,愿母自私。

我自觉,已没有任何能送母亲的礼物了。唯可让她高兴的,怕是我与弟弟的身体尚且安康吧。

未曾小学毕业的母亲不明我这几个字的深意。但我想,此时的读者是明白的。我只希望,全天下的母亲能自私一点,把从天性里赋予我们的爱护,收回一点儿,分配到自己身上。

我们没有理由去要求任何一位母亲再经受苦难。唯能督促她们,多爱自己一点儿。若真如此,那全天下的儿女,才算是行了真孝。

点评

愿母自私,道出了多少儿女的心声。本文从新闻、医学等多方面说明一个道理,母亲为了孩子,可以付出一切。就像作者在文中说的那样,我们最大的愿望,就是希望母亲能自私一点,为自己多考虑一些。

多少爱在时光中来不及

每个男孩对母亲的心境,似乎都是要经历这种裂变的。从幼时的不可或缺到少年的默然隔阂,再到中年背后的执手含泪。

我曾先后遭遇了落水、失踪、丧父等生活的磨难。我以为,人生的一切苦难都必须独自来承受。也正由于漫长的单亲家庭生活,使得我拥有异于常人的毅力。譬如,当同龄之人还在轻易哭鼻子抹眼泪的时候,我已懂得男儿有泪不轻弹,当周围的同学依旧拿着父母节省下来的生活费大肆挥霍时,我已经开始琢磨,自己往后的人生路。

至今,我还清楚地记得,念中学之时,母亲先后帮我调换了3个班级。当时我觉得她是出于恨铁不成钢的理念,想找一位严师来管束我,可后来才惊觉,事实并非如此。她之所以舍得花钱四处托人调换班级,是因为怕自己的儿子在长期的单亲家庭生活里,不知不觉沾染上女性的某些特质。前两位班主任,都是家庭主妇,与母亲一样。唯独最后一位是一个声如洪钟、刚正不阿的中年男人。

慢慢地,我开始不由自主地疏远了母亲。我再不会将腹中的心声吐露于她,让她帮我出谋解惑。因为,我有了很多很多不可向旁人倾诉的小秘密。由于发育的缘故,我的身体已经有了天壤的变化,这,我不能对我的母亲说;由于情愫懵懂,我对周围的某个异性已经产生了无可名状的依恋,这,我不能对我的母亲说;由于交友愈加广泛,我有了更多的地方和更多的游乐场可去,这,我不能对我的母亲说。

我的母亲就这样渐渐地在我的成长中被疏离。我也害怕自己变成母亲那样,做事优柔寡断,缺乏主见,于是,我不得不逼迫自己要变得更男人一些。

烈日当头的时候,我敞露着膀子,在环形跑道上挥汗如雨;众人意见分歧时,我挺身而出,将他们的矛盾化解;旁人碌碌无为之时,我已经开始摸索写作,靠微薄的稿费来填补生活的某些空白。

很多年后，我不再为我的衣食发愁，因为写作，因为当初的努力和改变，我有了富足的生活。在大学最后两年里，我不曾伸手向母亲要过一分学费，我的写作之路，也已然步入正途。于是，我有了时间慢慢回想旧日的很多时光。

当我提笔要为我的母亲写下一些东西时，愈发明白，时光的残忍和无奈。她已不复当年的模样。那条清幽的石板路，她往往要呼哧呼哧地走上半个小时才能到达尽头。我含着泪，坐在书房的窗台上，一面看着她忙里忙外，打扫庭院，一面细细地用笔描摹，我的母亲。

前些天，看到史铁生的一句话，忽然泪如雨下："儿子的不幸在母亲那儿总是要加倍的。我真想告诫所有长大了的男孩子，千万不要跟母亲倔强，羞涩就更不必了，我已经懂了，可我已经来不及了。"

看完这段话，我第一时间想起了早逝的父亲。我有很多的时间都在想，都在懊恼，他这短暂的一生，都还未曾接受我尽孝道，便匆匆消散了。

亲爱的朋友，趁你的父母尚在，好好地疼惜他们，将那些你想说，又觉得羞涩的话，告诉他们。别让你的爱在最后，赶不上时光匆匆的脚步。

点评

很多事我们年少时无法理解，等到了真正能体会的时候，已经来不及了。整篇文章都透着这样的信息。文尾点题。

对错误的真正宽恕

我几乎具备了所有坏孩子的品质。我将他们身上的毛病毫无保留地承接到自己身上来，并且努力为之“发扬光大”。因此，小小年纪，我便有了“问题少年”的“荣誉称号”。

在教学楼下不顾形象地破口大骂，即使被领导在大会上点名批评，仍扬扬自得。将隔壁女生的机密资料通过一切手段铭记于心，在一个午后凑上去对她阿谀奉承地说：“你不知道，我观察你已经有很长一段时间了，能做朋友吗？”结果，对方落荒而逃，我站在风里故作潇洒地哈哈大笑。对同桌无事献殷勤，时不时地蛊惑他：“你说，咱们是好兄弟吗？”只要他点头或者微笑，那么，将会坠入我事先所设下的温柔的陷阱，从此，云里雾里地将身上所有的零花钱交我保管，几年一直保持着艰苦朴素、两袖清风的高尚作风。

我想，当众人知道真相之后，是没有一个人愿意和我交朋友的。因为在我身上，除了坏孩子的夸张叛逆和张扬，再无其他。

初二那年，对所有学科都已经绝望的我，奇迹般地喜欢上了物理。那个因聪明以至绝顶的中年男人，实在有种让人不得不为之鼓掌的魅力。

每当他用幽默的言语来诠释物理公式时，在台下忍俊不禁的我，偏要故作严肃地说上一句，这老头，又学我大哥周星驰，真没创意！一旦我说出这样的话，前排女生一定会毅然回头，用对待敌人的凶光来企图深深刺伤我。只可惜，善良的我总让最后的受害者变成了她们。

我开始迷恋上各种精致的实验器材。甚至破天荒地第一次放下坏孩子的宝贵脸皮，向一直征战连年的前排女生发出了第一个有关学术性的问题：“你好，请问高锰酸钾为何会在加热的情况下变色？”此问一出，原是满脸惊恐的前排女生，顷刻吐血。

所有班级里都有一个不成文的规定。那便是，能跟随老师一块进办公室抱作业或者拿东西的学生，一般都是优秀学生。譬如，分发作文本的学生，大都是语文科代表。传达默写单词的“圣旨”的，很多情况下都是班里的假洋人。颁布“诏书”动员大家牺牲小我成就大我的，绝对是班长同志。

我似乎从来没有奢望会有哪个老师在课间时分热情洋溢地上来跟我说：“嗨，有时间吗？跟我去拿下作业本吧。”这样的国家级待遇，定然不会出现在我身上。

很多时候，我似乎都感觉自己被老师遗忘了。提问永远没有我的份，表扬永远没有我的份，奖状永远没有我的份，相反的，班上出了什么差错，老师倒每每第一个想到了我。

常年坐在教室最阴暗的角落里，我很多时候都怀疑，自己身上会不会长出一块块的青苔，抑或一根根长满利刺的树藤。旁人触碰不得，我也不可从中脱离。我多希望有那么一次，老师可以想起我，问我一个极为简单的问题，让同学们也知道，我并不是整天无所事事。其实那么漫长的课时里，我也有认真听课的时候。

当那聪明绝顶的中年男人从教室的后窗口里探进脑袋时，我被吓了一大跳。因为我正在前排女生的凳子上细致地筹划着一项伟大的复仇计划。他说：“你有时间吗？能不能过来帮我拿几个实验器材？”我二话没说，跟在他身后，屁颠屁颠地消失在了楼道深处。

我怀抱七八个玻璃试管，手提一盏酒精灯，兴奋至极地在人群中穿梭。我多想让他们看到，此刻执行重要任务的人，是我。我的得意忘形让我铸成了千古大错。8 个玻璃试管和一盏酒精灯，在我的一个潇洒的落地舞姿中，张牙舞爪地碎了一地。

身上的疼痛丝毫不能减轻我内心的愧疚。他止住身形，首先不是在意器材，而是关切地问我有没有摔到哪儿。我说了很多遍没有之后，他才在一片惊愕中令我再去实验室取一些器材回来。

我以为我的耳朵出了问题。我刚犯了这样的错误，他怎么可能再让我去执行这样责任重大的使命？我呆呆地愣在那儿，等候发落。殊不知，他却打趣地说：“看看时间，只有两分钟了，你还不去，是不是想要我在这里上一堂露天的物理实验课?”

那一次,我前所未有地认真。每一步我都走得小心翼翼,每一根试管我都拿捏稳妥。因为它们,我忽视了周围所有异样的目光。它们再不是一种可值得炫耀的资本,而是一位老师,对一位已犯过错的坏学生的无比信任。

之后,我陪同那位中年男人拿了整整两年的实验器材,再没出过任何差错。我有了前面的教训之后,更加深刻地懂得,要如何,才能避免那样的错误再次发生。两年里,虽然我仍旧是个成绩倒数的坏学生,但我至少懂得了帮助别人,并停止了对弱势群体的轻视和嘲笑。

因为我知道,对错误真正的宽恕,不是谅解,不是沉默,而是让他再做一件相同的事。你的信任,你的实际行动,才是慰藉愧疚与伤怀的最好良药。

点评

文章没有直接表达感情,而是通过一件事,通过一个坏孩子的心理变化,写出了其实坏孩子更需要关注,越是批评他们越是自卑。如果对他们信任,他们会加倍努力。文中的老师无形中就拯救了一个孩子,拯救了一颗需要关爱的心灵。

第四辑　被虚度点亮的青春

我从不曾想过，在那些艰苦孤独的日子里，为了生活的继续，她必须先要懂得爱自己。而她给予我的这些不曾让我感动过的青春岁月，实质已浸满了她全部的爱。

伞的世界

江南的雨季不再仅属于飘逸的油纸伞。当春雨在干燥的夜里无声袭来，那在屋内柜中安放的绣花洋伞，便早已蠢蠢欲动。春雨过后，夏阳扑至，似乎貌如荷叶的它们该重待闺中，静待绵雨。

实质不然。江南的青石路上，依旧攒动着姿态各异的花洋伞。红的牡丹，绿的夏荷，粉的月季，紫的芍药，姹紫嫣红，落英缤纷。偶然，在清风徐徐的楼阁中探出头来，禁不住被这样的景致摄住心魂。

熙攘的木楼夹道中，无数风华正茂的少女，从河岸的桥头上迈着盈盈碎步过来。夹道中有市集，有摆设，有吆喝自家祖传的美食工艺。少女们欢快着，银铃一般的笑声从纷杂的集市中剥离出来，缓缓地，如烟似雾地缭绕在伞的上空。这时，你是急切而又充满渴盼的。

急切的是什么呢？急切的是在楼阁上张望许久，仍不见伞下之人。在视野中如灯火一般若隐若现，阑珊至极的，唯有那一个娉婷婀娜的背影。

渴盼的又是什么呢？渴盼的是伞下之人，何时才能将遮阳蔽日之花匆匆卸去，好让暗处的中人们一睹倾国芙蓉。可偏偏，这时的伞成了布庄里的丝绸，紧挨着，重叠着，揪扯着。因此，即便你望穿秋水，也只能见那群花遍地伞遮行，听得笑音不知影。

江南有雨，这寂寥的雨中，依然盛开着匆匆不及观望的百花。当你在楼头把盏吃茶，定能看到，一些些突兀的花，急忙忙地冲出雨帘，从这座木楼到那座木楼，从这条小巷到那条小巷，脚步未歇，人便没了踪迹。

这倏然的声音，杂乱的脚步，定然会让你对着清冷的雨，有一种莫名的眷恋和幻想。这歪斜的花伞下，到底隐藏着一张怎样动人的脸庞？她心蓄何事？何故要如此匆忙？是不是，那不远的目的地，正站着她心中的有情郎？

偶然，你也能见到一朵出尘脱俗的睡莲。从细密的雨深处，慢慢地走了过来。伞下,有一双沾着风尘的高跟鞋,踏过青石路上的流水,溅湿了窄长的旗袍。她走得极轻极缓,如同一个惜花之人,进入了百花庄园一般,生怕偶然的不经意,便让一两株绝美的尤物,丧生脚底。你似乎能细致地猜想这伞中女子的年龄与容貌。这样的气定神闲,泰然不惊,心中势必已经起过了无数的波澜与狂潮,因此,人生想必也去了大半。这葱茏而又抑郁的往事,交织盘踞在她心中,让已失韶华的她,光华内敛,别有一番人生的诗意。

世中有伞,世中有花,这不同的花伞中,原也有着不同的世界。

点评

文章以伞为线索,寓情于景,景中有情。似乎在写伞,也似乎在写伞下人,又似在写那份眷恋与不舍。文章给读者展现了一幅江南水乡的美丽画面,细雨绵绵,不同的花伞中有不同的世界,也有不同的故事,但都让我们久久不能忘却。

童年的树

童年,似乎就是那一排日渐茁壮的香樟树。不论是春花夏雨,还是秋风冬雪,那些树下,都站满了天真的孩子。

早春,孩子们撒开了双腿,在稀淡的树影下寻找欢乐的影子。一整个冬天的寒冷与沉寂,已经深深掩埋了他们的自由。

苏轼有诗:“竹外桃花三两枝,春江水暖鸭先知。”可似乎,真知这春江水暖,真知这暖春将来的动物,并非江中寒鸭。不管在哪个城市,孩子们总是第一个脱去棉袄的人。他们比任何人都渴望自由,渴望春天的来临。

春天意味着什么?对于百花来说,春天意味着芬芳、馥郁;对于枯树来说,春天意味着重生、抽绿,以及茁壮;对于冻结的湖面来说,春天意味着潺潺、奔腾和生命;可对于孩子来说,春天仅仅意味着他们可以全然挣脱大人的怀抱,去寻找、组装自己的世界。

这时,他们需要一些树。更或者,是树需要他们。他们在树下寻找四叶草,你挨着我,我挤着你,尽可能扩大自己的领地。说不定,就是在那小小的一块领域里,找到了四叶草的踪影。那么,他们便可以拥有一个小小的梦境。这梦境中,没有灾难、死亡、时光和疾病。

初夏,树梢上响起了啾啾的鸟声。孩子们争先恐后地对着茂密的叶片张望,他们想要看看,这些会唱歌又能扑扇着翅膀到处飞翔的鸟儿,到底,是何模样。也是因为这样的张望,他们有了甜美的谎言和想象。很多不曾见到鸟儿的孩子,终于不甘示弱地撒谎:“嘿,我可看到了!好几只大鸟呢!”

其实,他们并不曾看到大鸟的模样,但在他们的心中,大鸟却从来没有这么形象和亲切过。他们爱小鸟的歌唱,并默默许愿,希望它永远不会飞离这棵树。孩子并不知道,不管是怎样的树,都会缓缓苍老。

深秋,树下站满了吵闹的孩子。他们不停地在落叶间挑选当年最美的树叶。

时不时，有人站起来炫耀："看啊！看啊！这片叶子多大啊，你们有吗？"这样的话，常常能激发更多的孩子加入到这样的行列里来。实质，他们并不喜欢树叶，更不明白，拾拣这些树叶夹到书本里能做什么。反正，他们就是要找更大的树叶，以便满足心里的小小虚荣。

隆冬，树叶停止了呼吸。它们躺在山间或是清冷的街道上，无人问津。只有孩子，才会为它们驻足逗留。

而此时，童年的记忆，又离成年后的我们，远了整整一岁。

点评

本文按四季划分，分别描写了不同季节孩子们在树下的不同活动，生动活泼，表现了孩子的无忧无虑。也只有孩子，在寒冷的冬天还会惦念着树，因为他们的纯真和渴望自由。愿我们每个人心中都有一棵童年树，希望童年的记忆不要离成年后的我们太远。

沉默非金

他和9个副总裁一起，被送到一个偏僻的小岛深处。小岛上荒无人烟，像是被世人遗忘了很多年。但他知道，这是一个非常重要而又秘密至极的训练基地。

这是公司的决策。当他从千万人中脱颖而出，坐上这个足以俯视全球同行产业的宝座时，他就知道，会有这么一天。他会像个受审的犯人一样，被轰隆隆的列车载往一个从不曾去过的地方，在那儿接受别开生面的岗前培训。

他有些害怕，他真不知道在这个幽暗的小岛上能做些什么。他甚至有些怀疑，这是不是魔鬼军训的基地？难不成，上任之前，还得把我们折磨得身强体健？他几乎什么情况都想过，但几乎都无法与现实吻合。

他和另外9人被带到了一个封闭的屋子里。教练走了，留给他们一个绝对自由的任务，随便聊聊。

他们起初有些尴尬，但慢慢地，开始变得熟络起来。他们从天气谈到工作，再从工作谈到当前的形势，乐此不疲。于是，原本清冷异常的小屋，恍然变得开阔而又热闹起来，像个集市，抑或没人管束的球场。

交谈让他们欢愉，也让他们心生烦躁，唇枪舌剑。他们在政治和经济的见解上发生了严重的分歧。他们地位相当，均有学识，因此，谁也不甘就此在旁人面前落败。只好不停地交谈，不停地用新的事实证明自己的论点绝对正确。

吵嚷声越来越大。这个原本宽敞清冷的小屋，变得愈来愈加闭塞，他们争得面红耳赤，争得拍桌拂袖。但没有一人站起来制止他们，他们几乎都身陷重围之中，无法脱离。最后，是教练的开门和怒吼，将他们从自己声音的世界里揪扯出来。

他们做了一个有趣的投票实验。他和他们一样，必须按照讨厌的程度，将在场的所有人排序，包括自己在内。

他们都是极有修养之人，当然不能将自己排成最受欢迎的那一位，当然，也不能屈身将自己列成最让人讨厌的朋友。绝对经济的头脑让他们毫无例外地将自己放到了中上的位置。剩下的位置,便根据先前谈话的第一印象,按步就座。

片刻之后,每个人手里都有了那么一张排序卡。结果,最让人不可思议的事情发生了。最让人讨厌,最不受人喜欢的,竟有两位。一位是刚才说话最多的,争吵最凶的。一位是从始至终均保持微笑和沉默不语的。

我们似乎可以揣测,吵嚷之人,说话最多之人为何会让人觉得厌恶的因素,但绝对难以想象,微笑和沉默这两大优点,也会成为让人心生不悦的缘由。

最后,通过逐一问答,他终于知道。说话最多,不代表是懂的多。只能说明在同等单位时间的条件下,出错的概率比旁人多。微笑和沉默,不代表你的谦卑与和蔼,只能让人觉得,你是因为没有想法,才导致始末如一地无话可说。

这个实验里的他,便是绝对权威的语音识别专家,当日的微软全球副总裁,Google 中国区总裁——李开复。

点评

本文题目直接阐明观点,沉默非金。围绕这个观点,讲了李开复亲身经历的一件事。过多的语言和过少的语言都不是最受欢迎的,凡事要把握度。本文观点鲜明,以故事的形式证明观点,思路清晰,一目了然。

被骗也是值得的

经常有人这样抱怨,在昨日的菜市场上为一名乞丐施舍了几块钱,今日便见到这名乞丐以另一种惨状出现在城市的其他角落。他们的怨愤不在于那区区的几块钱,而是在于自己的善良,被一种现实的假象所欺骗。

这样来看,我们的善良,其实并不是单纯的。至少,我们有了追根究底的惯性,有了在乎真假回馈的心灵。我们所付出的,其实不仅仅是一种出于人性的善意,更是一种心理的自解。总觉得,自己做了许多善事之后,生活里曾犯下的过错便可逐一化解。我们的善良存有私心,甚至存有期待回报的丑陋嘴脸。

身旁不乏这样的人群。在别人为难之时伸出援手,当他为难之时,旁人若不以为然或犹豫不决,他定然会心生愤怒,甚至抑郁不平。自己先前那么辛勤地播种善因,为何所得到的善果会是这般模样?

网络上,时常有这样的消息在你屏幕上闪现:“某某父母因病危告急,很想见一面尚未归家,而又失去联系的女儿一面,此女身高××,年龄约莫××岁,籍贯××,父母姓名××,望朋友们帮忙转到所在群,让更多的人能看到这条消息,为他们一家团聚赢取最后的时间。望知情人士能拨打电话××,谢谢。”

面对这样的信息,我总是恭恭敬敬地代为传送,每一个群,每一个见多识广的朋友。但我所遭到的回复,大都是哂笑和嘲讽。他们说:“这样的恶作剧你也相信?都是无聊者胡编乱造的。真有这样的事,都贴寻人启事去了,干吗还找网络?”

我想,这样的事,大多真是有无聊者在故弄玄虚,但谁又敢担保,这上百条的求助信里,就没有一封是真的?没人敢保证。对于那些时至绝路,无处可托之人,他们往往会想到网络,或者,是通过网络来扩大自己的影响范围,以便在最短的时间里获得最有效的帮助。

争议最多的,无非是关于捐款信息。“某女,在某医院生命垂危,急需多少多少人民币。此女读书刻苦，聪慧过人，但无奈家庭拮据，难以筹措巨额的医疗费用。望好心人能伸出援手，代为转发。相关详情，可以咨询某某医院某医师电话××。希望你的帮助，能让她看到明天的光明。”

我总是要把这样的信息发到群里，并逐一发给那些生活富足、衣食无忧的朋友。我真希望他们的大方能挽救这个小姑娘的性命。但实质，几乎没人肯相信这样的信息是出于事实，甚至没有人愿意像我一样去拨打那个陌生的电话，问一问，听一听。或许，正如他们所说，谁知道这是不是又一起连环诈骗案？

当我的孩子向我抱怨，他捐献给贫困生的10块钱，被别人用来买玩具的时候，我只是微笑着告诉他：“真为你高兴，你捐给了别人最为崇高的快乐时光。”

我们不能因为时代的混乱，世风的漠然而舍弃了人性里最为本质的善良和温暖。即便，在100条求助信息里，99条都是假的，那至少还有1条是真的。而只要有那么1条是真的，我们先前所承受的那99次欺骗就是万分值得的。

点评

本文题目吸引人。为什么被骗也是值得的？文章娓娓道来，“人之初性本善”，希望我们不要被黑暗面影响，愿我们保持这份善良，让世界变得温暖。

兄 弟 饭

中学时,我曾有5个最好的伙伴。我们6人彼此形影不离,情似同胞兄弟。逃课一起,吃饭一起,放学一起,就连早恋的时间都是那么默契。

兴许是方言的缘故,我们彼此都喜欢称自己为“老子”。“嘿,你小子去哪儿了?老子找了你一个下午都没找着。”“你再说那女生,老子跟你拼了!”“喂,把你那本小说给老子看一下。”

我们似乎都想不起来,是从何时染上了这样的恶习。虽然各自觉得这样的称谓方式不太好,但彼此都不介意。偶然不想再说了,不愿再犯这样的毛病,恭恭敬敬地自称“我”。可只要有人提起“老子”这两个字,就总觉得自己不回,便要失了便宜。于是,前功尽弃,又回到从前。久而久之,索性都不去理会,就这么互相咒骂着,开心着吧。

年少时的友谊永远是那么纯粹。我们可以不顾及对方的身份、家庭背景、住址,甚至,不顾及他的过去和名字。

3年高中时候,因为他们的缘故,过得不但飞快而且甜蜜异常。离别时,我们紧紧地抱在一起,仿佛只要松开,就会有其中一人被凉风带去。

村里有一种习俗,名叫吃“兄弟饭”。意思是说,你和哪个男生玩得比较好,觉得他可以做你的兄弟,那么就挑一个黄道吉日,请他到家中来,吃一次你父母联合亲手做的饭。这样,你们的友谊就会如同兄弟血脉一般,永世不改。

我们渴望能将这样的友谊延续下去。至少,有生之年,不再变更。于是,我们纷纷提议,在离别前到各自家中吃一次兄弟饭。

我请母亲挑了日子,特意从隔壁邻居家中借了桌椅,静待他们5人到来。这是第一次兄弟饭,母亲细细审视了他们几个人,说了许多感谢的话。最后还叮嘱他们:“吃了这顿饭以后,你们便是兄弟了,以后要互相照顾,互相体谅,切不可鲁莽行事,多生事端。”

我们端着碗，静静地听着，想着几月后的终须一别，忽然泪流满面。母亲见我们伤怀，哄骗我们说，吃兄弟饭的时候可不能哭，一哭，这情义就淡了。我们只好强忍住泪水。

那顿兄弟饭之后，我们更懂得珍惜彼此了。仿佛，对方就真是自己的兄弟一样。

我的兄弟饭之后，依次该轮到他们5个人挑选日子。那些天，我们过得很开心，也很彷徨。5个兄弟，就我一人考上了大学。其他5人，正在谋划着如何南下打工。生活的艰辛迫使我们要迅速长大，要面对人生和一些不得已的责任。

每吃一顿兄弟饭，我们就禁不住流一次泪。按理来说，我们应该吃足6顿饭。可事实上，我们6人的兄弟饭，到第4次的时候就无故中断了。

那位皮肤黝黑、清瘦的兄弟，直到今日都不曾请我们去他家里吃过一顿兄弟饭。每次问他为何不请我们吃兄弟饭时，他也是支支吾吾。我们无不以为，他对我们6人之间的感情不以为然。于是，渐渐便淡漠了他。我北上念书时，其他4人皆前来相送，唯独他躲在家中。

由此，我们更加坚定了欲抛他出局的信念。

事实上，几年以后，我们还不曾抛却，各自的友谊就已经清淡得只剩回忆。偶尔在村口的小路上碰到，也仅是深情地对望几眼，寒暄几句。

他们已被生活的苦难压迫得抬不起头。或许，衣衫褴褛的他们，已无法心无旁骛地与西装革履的我坐到一起，再度谈天说地。

后来无意间走到田野中，竟看到当年那个皮肤黝黑、清瘦的兄弟，在广袤的碧绿间播种芽苗。我一眼认出了他，怀着忐忑而又激动的心情前去探望。

他和他的母亲一道辛勤劳作。我挽起裤腿，一面下田帮忙，一面微笑着问："小子，怎么不叫伯父一起来帮忙呢？"

殊不料，他的母亲竟然告诉我："哪有什么伯父？他爸都死了好多年了。"我们一直沉默，直到最后别离，也不曾说过一句话。

我忽然明白当年他不请吃兄弟饭的缘故。父母联合同做一顿饭，这个极为简单的条件对于那时的他来说，无非等同于幻想。

当年的友谊，当年的"老子"，当年的兄弟饭。我们以为，是给了彼此一生中最为甜美的青春回忆。却不知,有那么一个兄弟,正在被这些绚烂的过去执意伤害。并且,一伤便是许多年。

点评

文章情真意切,语言流畅,中心突出,为我们塑造了一个隐忍、沉默的好哥们儿形象。结尾深化主题,告诉我们对于兄弟我们要永不言弃。

一杯水里喝出三种味道

他还尚未被调至学校任教，满城便早已风花夜雨。有的人说，他是一个苛刻严厉的糟老头子，喜欢用一些闻所未闻的方式来惩戒后排差生。也有人说，他是一个高大帅气的男孩，毕业不久，性格温善。当然，也有人说他是个中年已婚男子，不但头发稀疏，眼角落满鱼尾纹，说话还吞吞吐吐，显然是个妻管严……

关于他的传闻，我所听到的大致有以上三个版本。我最喜欢的，还是第二个。事实证明，我所料非虚。他年轻活泼，幽默风趣，似乎有着永远也使不完的精力。这些，只是他在自我介绍中所反馈给大家的印象。

介绍完毕，他开始了第一堂"立威课"。在所有后排男生看来，几乎所有老师的第一堂课都可以化为等号。无不是那些自诩铁面判官、用刑严厉、赏罚分明的言辞，意在让我们心生畏怯，好在日后对他言听计从。

不过，他好像特殊了一些。不但没有说这样的话，还从方形的实验箱里取出许多不知名的白色粉末固体。有人嚷嚷，新老师还真懂得人情世故，一来就给咱们分糖吃！接着一片哄笑。也有人说，那可是食盐，他想咸死我们！更有好事者，直接将蓬松的脑袋探出几米，一脸谄媚地问："老师，你这是什么秘密武器？"

他的沉默和漫不经心的微笑，更是将先前那些故作冷漠的学生怂恿得兴奋不已。顿时，一帮十六七的孩子，各寻最佳方位，看看他到底要玩什么把戏。

他提出一个棕色的玻璃瓶，将里面的液体咕咚咕咚地倒进了烧杯。旋即，又将那些白色粉末固体拨来拨去，伸出几根手指，在上面捏起一小撮，赶紧放到烧杯里。那动作迅速而又滑稽，似乎那课桌上的不是一团粉末，而是一盆旺盛的炉火。

他将烧杯里的液体搅起了旋涡，确定所有粉末已经溶化完毕之后，才探出食指到烧杯里，微微蘸了蘸，放到口里。所有人都在注视他的面部表情，想从这个细微的动作里窥出，这杯来历不明的液体加上这些不知所谓的粉末，到底是何味道。

可惜,他仅仅只是满意地点了点头。很多人忍不住好奇地问:“什么味道?什么味道?”他不说话,侧着头,随意从崭新的花名册上点了几位坏男生上去,令他们逐一尝尝,看是什么味道。

“咸的,好咸!”一个男生在尝过之后,下巴缩成了一团。

“不!是甜的!”另外一个很快争辩道。

“没有吧?我感觉有一点酸酸的。这粉末估计是什么化学物质。”第三个男生故作高深地说。

安静的讲台上,霎时乱成一气。最后,实在调解不开,只得请老师出来揭开谜底,好让众人知道谁对谁错。

“孩子们,这仅仅只是一杯普通的自来水。无色,无味。而这些粉末状的东西,也不过是一堆精盐罢了。按理来说,水应该是咸的。可是,我刚才虽然动了动手指,但很遗憾,我并没有把任何东西放进去……”

“生活里的真与美,往往都是这样。想要发现它,不仅仅需要一双敏锐的眼睛。”

点评

描述贴切,用词生动,以轻松愉快的语气向我们娓娓道来一个在课堂上发生的故事,令人回味无穷。文章含蓄的结尾,既点题又耐人寻味。.

在风中飞扬的头发

当我还是矮个短发的时候，前排的倪小杉就有了亭亭玉立的身姿和一袭飞扬的长发。她经常在大夏天穿一件白底桃红的连衣裙，扎一束高高的马尾。

她每天踩着铃声跑进教室，在一片讶异的目光中回头问我："嗨，第几页？"她急促的喘息和明亮的眼神，时常让少年时候的我莫名不安。偶尔，我呆住了，不知如何是好，她便会一遍又一遍地回过头来问我："第几页？问你呢，到底第几页？"

事情的结局总是让人出乎意料，还未等我回过神来告诉她第几页，她便已被老师罚站到了走廊尽头。

凝视她柔亮的头发和白皙的后颈，我时常会冒出这样的疑问："倪小杉是不是有点喜欢我？否则，她干吗老是故意回头问我？她问她的同桌不就行了？"

事实上，倪小杉回头问我，也是被逼无奈。原因是一次水彩课上，倪小杉的同桌不小心把涴洗毛笔的整桶水都洒到了她的新连衣裙上，她俩为此吵得不可开交，最终形同陌路。

没人知道，我喜欢倪小杉。想想也不可能，一个成绩名列前茅年年作文获奖的三好学生，怎么会暗恋一位成绩倒数整天迟到的绣花枕头呢？可很多事情，谁都说不清楚。譬如，我就是无可救药地喜欢倪小杉。

我喜欢她穿那条白底桃红的连衣裙，喜欢她在午后流光中奔进教室的样子，喜欢她白皙的后颈和飘扬的长发，也喜欢她气喘吁吁回头问我的眼神。

就在我鼓足勇气，决定无畏流言，力求倪小杉的时候，班上忽然传出了倪小杉早恋的消息。有许多人说，在放学回家的路上看到倪小杉和一个瘦高的男生手牵着手，肩并着肩。为了证实这个消息，我跟家人谎称中午开会，悄悄跟上了倪小杉。

倪小杉到底发现了我，她欣喜若狂地拍着我的肩膀说："嗨，小子，你那辆帅帅的自行车呢？丢了？被偷了？还是借你女朋友威风去了？”

我紧张得不知如何是好，无法回答倪小杉的问题。就在我伸手进兜摸索那封蓝色信件的时候，一个骑着赛车，蓄着长发的男生在对面朝倪小杉吹起了口哨。倪小杉笑笑说：“我先走了啊，下午见！”接着，她迫不及待地横过街道，坐在了他的后座上。

我忽然觉得心里最后一丝光亮被无情的手收走了。走在人潮汹涌烈阳直射的马路上，还是有一种刺骨的凉。

我托朋友请了病假。班主任惊慌失措地打来电话，问长问短，我多希望，电话那头的声音是属于倪小杉的。

第二天回到教室，一群人迅速涌到了我的跟前，滔滔不绝地向我诉说昨天晚上在班里发生的大事。不知是从哪儿冒出的大响，竟有人说：“倪小杉偷东西被抓了。”

我毫不犹豫地怒吼起来：“放屁！倪小杉绝不可能偷东西！”同桌拉着我说：“你不信也没办法，昨天晚上有同学丢了200块钱，班主任为了查清事实，花了整整一节晚自习搜查所有学生的课桌。结果，偏在倪小杉的课桌里搜到了那200块钱。”

倪小杉一直没来上课，班上再没人如同冒失鬼一般踩着铃声跑进教室，而后气喘吁吁地问我课本讲到几页。我不习惯这样的生活。

倪小杉回到教室的时候，夏天已接近尾声。她依旧笑若桃花，似乎之前根本不曾发生过任何事情。但之后，周围的人却经常会写纸条过来“礼貌”询问：“倪小杉，你看到我的钢笔没有？倪小杉，你有见到我的钱包吗？倪小杉，你能不能帮我找找我的课本？”

倪小杉渐渐在这样的“礼貌”询问中沉寂。她依旧倒数，依旧不爱学习，依旧迟到。可有一样，她到底是改变了——直到毕业，我都再没见过她穿那条白底桃红的连衣裙，也再没见过她那头飘扬的长发。

短发的倪小杉没能走进高中的大门。没人知道，落榜后的倪小杉到底去了哪里。曾经真实存在的那么一个人，就这么迅速被大家忘却了。

那封信，我一直留着，一直夹在我最心爱的日记本里。我想，成年以后，如果我真正得到了一份来之不易的爱情，那么，我一定会告诉她，曾经有一个名叫倪小杉的女孩坐在我的前排，她有着白皙的后颈和一头飞扬的长发……

点评

年少时我们总有小秘密，吸引我们的也正是我们不具备的或是美好的事物。

一只丢失的花鞋

他是我记忆中最特别的学生。当我第一次批评角落里那位迟迟未缴学费的女孩时，他便勇敢地站起身来，与我大吵了一架。

事后，我从陈年的档案里得到了许多关于那位欠费女孩的家庭信息。譬如，她与奶奶相依为命，是班里最贫困的学生。我用刚结的稿费帮她垫清了所欠的数目，为此，她给我写了一封长长的感谢信。

这封语病百出的信件还未读完，他便摁响了我办公室的门铃。他情绪过于激动，以至有些语无伦次。他态度诚挚地朝我鞠躬，为当日的莽撞向我道歉。他说，他只是太过于了解那位贫困女孩的苦衷。

当天，有46名学生坐在台下，有46名学生了解她的内情，可只有他，在第一时间里站了出来。因为这份不计后果的善良，我原谅了他当日的鲁莽。

他的成绩平平，学习亦不够刻苦。我曾三番五次鼓励他，向他讲解人生的道理，可最终，却总是收效甚微。我很想找他的母亲谈话，为此，征求了他的意见。

他毫不犹豫地回绝了我的提议。甚至，在期末邮寄成绩通知书时给我留了一个虚无空泛的地址。我到底对他束手无策。

很久之后，我从他室友的口中得知，他的母亲每月都会来学校一次。为了能与她碰面，我安静地潜伏在校门口的人群深处。当他的母亲从口袋里匆忙将生活费递交给他，即将转身离去时，我忽然闪现于他们跟前。

他在刹那间惊得目瞪口呆。事情没有任何意外，15分钟后，我们3人占据了操场旁的同一把长椅。

这是一位朴质的农村妇女。她的衣衫破旧，手指粗大，就连笑容都有些生硬。我开始慢慢提问，试图在这次来之不易的谈话中，找到他懒惰的根源。

无意中，我瞥见了她泥泞的裤管和双脚。审视片刻之后，我还是忍不住询问："大姐，你的另一只花鞋呢？"

她尴尬地笑笑，不知如何是好。我没有继续追问，倒是他，须臾间发起了无名火："你怎么能这样呢？鞋都不穿就跑到这儿来？你知不知道这是学校？！"

我制止了他对其母亲的咆哮。他愤然离场，谈话最终不欢而散。

他母亲走后，我再次找到了他。我全力遏制胸中的怒气，与他慢慢行进在乡野的小路上。林中微风使他渐渐平静，夕阳洒满了他的发隙。我们聊得很是投机。

他在一片泥沼前停住了脚步，春日阳光静静地铺满他的睫毛。我顺着他的目光望去，一只似曾相识的花鞋闯进了我的视野。

面对这样的景致，我不知该说点什么，只能默默地看他卷起裤管，蹚进泥沼。

归来的途中，我们始终一言不发，即便我心里有千百个疑团无法自解。他为何会对那一只似曾相识的花鞋热泪盈眶？那只花鞋又为何深陷泥沼？我又为何不由自主地沉默？

次日，他托人请了病假。我去宿舍找过他，未见踪影。傍晚，他主动找到了我，仅仅说了一句："老师，昨天那只花鞋是我母亲的。"

后来，他如同变了一人，谦逊勤奋，求知若渴。我一直没能明白他霍然转变的原因。

毕业后，收到了他的来信。我终于知道，他母亲当年的艰难。为了能节省10元的路费，又不让他担心，竟哄骗他说，每天清晨5点，村里都有进城的小车。他对白天的车次了如指掌，唯独这班，他一无所知。因为，他从未起得如此之早。

直到遇见那只遗落的花鞋，他才明白，为了这个平白的谎言，他的母亲每月初都要披着星月赶往学校，给他送来那一笔微薄的生活费。

捧着花鞋回家那天，他一面在尘茫的山路上小跑，一面擦拭着滚落的泪水。他在信中说，他从来没有这么心疼过。

一只丢失的花鞋，帮他寻到了心灵的归家之路。

点评

本文刻画了一个有正义感、敢作敢当，同时又有那个年龄特有的虚荣心的男孩。当他发现那只在泥沼里的花鞋后，他瞬间长大了，明白了一位母亲的苦心和不易。文章之妙在于，结尾处"他从来没有这么心疼过"，道出了他对母亲的愧疚、感激。本文以花鞋为题，结尾点题，又深化主题。

一把伞的温暖

混乱的暴雪忽然掩盖了北京的喧嚣。我躲在温热的窗内，铭记这一刻窗外的宁静。

远处施工楼盘的升降机惊扰了我的清梦。那些在大楼上慢慢蠕动的工人，像一根根坚实的火柴，用微弱的光，点燃了这个原本一如荒漠的城市。

楼下新开了一家快餐店，8 元一份自助餐，这是我在北京见过的最便宜的快餐店。很快，许多为经济所迫的外乡人走进了这个陌生的餐馆。

我时常能看到一帮衣衫泥泞的汉子说笑着朝我所在的楼房走来。他们吃饭的样子偶尔让人感到心疼。他们兴许也觉得自己吃得太多，不大好意思，到后来起身时，也只是悄悄地舀饭，不再加菜。

老板是个微胖的中年女人，圆脸大眼，看起来平易近人。她从来不会因为这些工人的饭量而黑脸皱眉。身在异乡的工人们都从心眼里感激她，暴雪盖天，仍不顾风寒，走一段艰难的路来这儿吃饭。

餐馆店面太小，容纳不过 20 人。工人们向来都是坐在店铺对面的空地上吃饭，他们尽可能地腾出位置，希望能给这位善良的老板留住新来的顾客。

暴雪当天，女人扛来了一把大红伞。饭前，工人们从施工地上抱来了工具，将伞焊在了露天的餐桌中央。女人去附近的商店买了包烟，每人发了一支。工人们笑了，坐在红色的大伞下，喝酒聊天。

第二天中饭时，狂风吹断了伞骨，飞扬的白雪迅速激怒了新来的客人。女人一面抹着油手从店铺里赶出来，一面扬着笑脸道歉。

几个老实的工人搁下碗筷，转身去了楼盘工地。白雪依旧飘洒，他们来去需要约莫半个小时。

客人不断拥入餐馆，此刻正是吃饭的时间。店里的工人不停叫喊，缺了老板，显然忙不过来。可老板不能脱身。她此刻正紧紧地稳着那把摇摇欲坠的大伞。不到片刻，女人的额头上渗出了细密的汗珠，在狂风中举伞可比打菜累多了。

旁边两个吃晚饭的工人说："大姐，我来吧，你进去打菜。"女人尴尬地笑笑，说了声谢谢。新来的客人很快找到了座位，他们对工人的举动很是不解。

一位外套稍微洁净的工人说："让我来吧，我衣服干净些。"举伞的工人互相看了看各自的衣服，笑了。他们迅速退开，将这个艰巨的任务交给了这位衣衫最为整洁的工人。

顾客一面吃饭，一面抬头打量这位肤色黝黑的工人。工人虽然一直无奈地低着头，却始终不愿松开双手。他像一个站岗的哨兵，紧握着手里的钢枪。

赶去楼盘的工人们很快回到了餐馆。此刻安坐伞下的顾客们，终于明白发生了何事。他们端起自己的碗筷，自觉退到了大楼的屋檐下躲雪。

轰隆隆的机鸣声震动了寂寥的冬天。我坐在窗内，目不转睛地盯着那把被放倒的红伞。

这把脆弱的大伞，为忙碌在天寒地冻里的人们撑起了一片短暂的温暖。

点评

这是一个温暖的故事。在异乡，给别人一份善意，会得到更多的帮助。人是群居的动物，互相扶持，才会让世界充满温暖的阳光。

本文首尾呼应，语言朴素但不死板，尤其是一些比喻句，值得学习。

那已是她全部的爱

我清楚地记得，第一次高烧呼唤时，她正坐在隔壁暗沉沉的内屋里，噼里啪啦地打着麻将。她不但不予理会，反而气势汹汹地骂我。后来，我在一片输赢交错的嚷嚷声中晕倒了过去，她才嘀咕着让人将我送到医院打点滴。

临近完毕的时候，她故作焦急地姗姗来迟。我看着床头冰凉的药水，一点一点地进入我的身体，注视对面小孩的无微不至的母亲，忽然泪落如雨。不知为何，我心中涨满了无数委屈。我不明白，为何别人的母亲能够毫无保留地将全部的爱倾注给自己的孩子，而她却做不到。

小学六年级的时候，班上组织夏令营，我兴奋异常地跑到家中，向她央求活动费用。她冷如冰霜地坐在麻将桌前，自顾玩乐。片刻后，她输了钱，而我并不知道。我以为，那是一局已经正式完毕。于是，再次鼓足勇气，向她说明了来意。

结果，我不但没能讨到夏令营的费用，还莫名其妙地被狠狠痛打了一顿。最后，是周旁的阿姨们看不下去了，夺走她手中的皮条，这场战役才不得不宣告结束。

班上所有同学都去了，唯独我没有。出发的那天，贴满卡通图案的大巴士轰隆隆地经过我家门前，我蹑手蹑脚地躲在门缝后面，偷窥那些熟悉的笑脸。我的双眼，又一次宣泄出委屈的泪潮。童年时候唯一一次可以外出欢乐的机会，就这么在一场充满痛哭的麻将桌旁无辜夭折了。

中学的第一天，我心里充满了快慰。因为学校离家太远的缘故，我不得不选择寄宿。终于，我和她被远远地隔开了。第一个周末的月夜，寝室里的所有同学都哭了，除我之外。我伏在冰凉的床沿上，望着天上的朗朗星空，独自窃喜。这是我第一次拥有自由的夜晚。

去省城念高中后，我明明两周可以回来一次，却偏要待足整整一月，直至最后身无分文，弹尽粮绝。她从不会来学校看我，更不会主动询问关于我的生活概况。我与她,越发成了最熟悉的陌生人。

高考填报志愿,我毅然写下了三座千里之外的南方小镇。当她看到录取通知书上的大学地址,笑容即刻僵硬在微微皱褶的脸上。我暗自庆幸,不久的将来便要与她彻底分开。

临行前,她没来送我。我提着偌大的箱子,独自走上清晨荒凉的街道。拐角处,我到底是回了头。这一刻,我看到了她悲凄的面容。她一动不动地立在门口,像站岗的哨兵一般,目送我的离去。

大学第二年,因为恋爱问题,我和她又爆发了轰轰烈烈的内战。我不顾学校反对,私自在餐厅找了兼职。而后,拒绝了她给的所有费用。

毕业前,她破天荒地打电话给我,漫不经心地问,要不要回来?回来的话,比较好找工作。我沉默了许久,最终还是故作冷漠地告诉她,决定留在这座南方小镇。

第一次给她家用时,她在电话里哭得像个孩子。我眼前忽然掠过一个贫困母亲的一生,以及这一生中的所有雪雨风霜。

我从不曾想过,在那些艰苦孤独的日子里,为了生活的继续,她必须先要懂得爱自己。而她给予我的这些不曾让我感动过的青春岁月,实质已浸满了她全部的爱。

点评

本文选材的视角独特,从母子间的隔阂与冷漠中折射出母爱的光辉。通过人物的言行等细节的描摹,人物形象清晰可见。结尾处指出了爱的内涵,也点明了文章中心,告诉我们母爱永远是伟大的。

少 年 错

中考过后，周小勇拿着一本厚厚的同学录来找我。我记得那天他泪流满面的模样。我们共同以为，这一次的分开，便是永久的别离。我们会像其他中学里的死党一样，被命运残忍抛开，在不同的集体里认识不同的人，并结成新的死党。而后，对这一段含泪带笑的回忆置之不理。

我有些哽咽。我没说话，伸手将同学录翻到最后一页，用黑色的签字笔写下了“友谊长存”4个字。这4个字像一个快要消散的梦，让我们彼此伤感。

天意弄人。两个月后，我和周小勇又在同一所学校的男生厕所里狭路相逢了。他的瞳孔无限扩大，面目狰狞，就连嘴巴里那根宝贵的劣质香烟都颤抖得掉落在地。

恼人的上课铃声阻断了我们的高谈阔论。周小勇一面小跑着赶往教室，一面回头嚷嚷着让我放学等他。放学后，我在校园小卖部门口手握两根伊利雪糕，神情呆滞地守望着高一部教学楼。

周小勇仍然是个倒霉蛋。他刚呼哧呼哧地跑出来天上便扬起了蒙蒙小雨。周小勇说，在雨中潇洒漫步吃雪糕的男孩帅呆了。为了追求这个虚无缥缈的“帅”字，我放弃了一切可以骗到伞的机会，陪着身体臃肿的周小勇慢慢地走在雨中的小路上。

事实上，不到5分钟我便和周小勇成了世界上最衰的花季男孩。瓢泼大雨不但将我们手中的雪糕一扫而光，还创造了两只一胖一瘦的“马路落汤鸡”。

正当我和他嬉笑着走上铁桥时，忽然从雨中传来了微弱的救命声。先前，我们都看过一些以声索命的恐怖故事，因此对于这种情况不约而同地保持了沉默。

呼救声越来越大，那歇斯底里的哭喊，让人闻之心碎。我和周小勇先后停在了铁桥上，凭高四处搜寻落难者的所在地。

稠密的雨线阻挡了我们的视野。呼声在雨中变得越发焦急、恐惧和混乱。

因雨打江面的缘故，我们实在找不到声音的发源地，只能靠肉眼在有限的范围里迅速搜查。

终于，我在不远处的栏杆上看到了河里的求救者，那是一位身穿蓝色校服的女孩。

她瘦弱的身躯在浑浊的河水中摇摆，仅露出一副雨泪模糊的面孔。冰凉的河水扑打在她的脸上，将她卷入湍急的河流里。水花过后，她又借着杂树的力量，艰难地将头顶出水面。她的双手，始终不肯松开低垂到河岸上的枝干。

周小勇的怒吼使我打了一个冷战。他紧锁眉头，朝我大喊了一声"救人"后，独自跳入了河中。女孩的双手虽然依旧紧拽，但身体却在一点点向内偏移。如果树枝断裂的话，她势必会被湍急的河流卷去。这样的故事，我和乐天派的周小勇都听过不少。

看着周小勇在河中奋力扑游的背影，我始终都没有勇气跳下去。我在想，如果连我也跳下去了，那谁来拯救翻滚河流中的我们?

事实正如我想象的那样。笨拙的周小勇在此刻的河流中完全不堪一击。他的衣服在浑浊的河面上一起一落，一隐一现。如果我跳下去的话，情况可能会稍好一点，因为我的游泳技术远远胜过周小勇。

大雨中的河流像一条腾跃的长龙，吞噬了紧紧抱住的他们。树枝已断，一切恍然成了定局，不容我再有丝毫权衡的余地。

直到最后树枝断裂，周小勇朝我挥手求救的一刻，我都没有勇气纵身一跃。骨子里的懦弱和自私，让我在瞬间恨透了自己。

事情并不如我想象的那样，一个雨天撒网的农夫在半路拦下了他们。

之后，我去了另外一所学校。而周小勇，再也没来找过我。我们那份"万古长青"的友谊，如同那天救命的树枝一般，在悲绝的呼喊中混入了奔腾的河流。

岁月一路匆匆呐喊着从我耳旁飞过。此刻的周小勇，早已沦为劳动市场的板车夫。他时常出现在我所居住的小区楼下，帮搬迁的用户驮运家具。每每从窗外看到他，我的眼前都会闪过一条浑浊的河流。我再没向我的后辈们提过"勇敢"二字。

命运总是将我推到荒唐的剧情中去。我亲眼看着板车上的绳索忽然散开，一个笨重的衣柜顺势滑落,将弯腰行进的周小勇砸倒在地。

背着昏迷的周小勇往急诊室狂奔的时候,我有种赎罪的坦然。这些年,我只要闭上眼睛,就能看到那天他们两人的双眼。我想,如果时光再给我一次机会的话,不论生死,我都会随他而去。

周小勇醒来的时候,到底认出了我。他的原谅在嘴角慢慢扬起。我才说了一句"这些年我过得好苦",便抱着他嵌满勒痕的肩膀,嘤嘤哭了起来。

点评

年少时谁人无错,主人公也因此一直自责、愧疚。难能可贵的是,主人公意识到了自己的懦弱胆小,周小勇也能宽容大度地原谅主人公。这都将是人生中难忘的经历。本文情景结合,将主人公的心理变化生动诠释。

秋末海岸

若你曾在海滨小镇住过,那你定然知晓,最美的海不在早春与烈夏。春来时,海上总弥散着稀薄的雨,缭绕着,让人不免有些伤怀的惆怅。烈夏间,海岸的空地上总是站满了人群,盘踞着,分割海水中的每一分凉意。于是,你的视线里便从来不曾出现过完整的海面。

秋是冬的号角。秋的到来,本身就是在预示着冬的逼近。深秋像一把锋利的剪刀,将海岸上那些为图热闹的人逐次减去,独留一片湛蓝的天际,围住滚滚海潮。

中秋之后的每个清晨,海上总会涨起无法窥破的大雾。雾中的海,是迷蒙的,是可爱的,亦是让人心生畏惧的。因为你再看不清海的浪潮,也触摸不到海的心。你只能凭着仅有的听觉,慢慢地,一步一步地向沙岸深处走去。

这时的海水,往往匿藏着冬的手臂。它潜伏在翻卷的浪花里,呼啸着朝你的身体奔涌而去,蓄势、聚集、碰撞,旋即哗啦啦散开,消失在雾中的沙岸里。你忍不住打了一个寒噤,暗叹起秋凉二字。

东方渐然翻起了昏黄的光亮,微弱地,暗沉沉地,像隔着重重白纱的炉火,像油烟中的荷包蛋。这时的海,不再让你觉得遥远,咫尺天涯。它散发着自然本身特有的人情味。

柔红的光,愈来愈强烈,导引着海水,慢慢撕开环绕的大雾。此刻的太阳,像一个无所畏惧的勇士,像一柄锋利的剑,也像一只恸哭的眼睛。

大雾慢慢地被剥了去。温和的阳光普洒在波光粼粼的海面上,摇起碎银般的幻梦。独自走在沙岸上,你会禁不住赞叹,禁不住展开瘦弱的臂膀。

海风像久违的老友一般,紧紧抱着你,对你尽诉这千万年间的往事和委屈。你们互相依托着,彼此温暖着,在苍茫的人世间,寻求着各自存在的真理。这一刻的你,是坦然的、从容的,是无惧的。你萧索的背影和散漫的步履,深深地刻在了时光的画卷里。你是依靠在窗上的人的风景。

小镇从未像此刻这般宁静过。你与海的对立,就像飞鸟和天空的对立一样。秋末的海,驱散了你岁月深处的阴霾。而你悄无声息的泪花,同样丰满了海的记忆。飞鸟慰藉了天空的孤独,天空也同样承载了飞鸟的梦想。

秋末的海岸,是一剂用以疗伤的心药。初冬的行人,是一波浪潮中的孤独呐喊。

点评

本文采用白描细描的手法,将秋末的海岸呈现在读者眼前,随着每一笔的勾勒,一个个场景跃然脑中。比喻、拟人手法使用得淋漓尽致,动静相衬,情景交融。是一篇写景好文。